그림 형제 동화집

~ *Kinder- und Hausmärchen* ~

그림 형제 동화집

그림 형제 지음 | 아서 래컴 그림 | 이옥용 옮김

보물창고

차례

백설공주 ………………………………… 7

헨젤과 그레텔 ………………………… 27

토끼와 고슴도치 ……………………… 46

억세게 운 좋은 한스 ………………… 53

룸펠슈틸츠헨 ………………………… 64

황금 머리카락 세 가닥을 가진 악마 ……… 72

들장미공주 …………………………… 87

늑대와 일곱 마리 아기 염소 ………… 96

요술식탁과 황금당나귀와 자루 속에 든 방망이 …… 103

개구리 임금님 ………………………… 125

용감무쌍한 꼬마 재봉사 ············· *134*

브레멘시에 고용된 악사들 ············· *154*

라푼첼 ························· *161*

오누이 ························· *170*

거위 치는 하녀 ····················· *183*

홀레 할머니 ······················· *197*

까마귀 일곱 마리 ··················· *204*

재투성이 아가씨 아셴푸텔 ············· *212*

작은빨간모자 ······················ *228*

작품 해설 ························ 238

● 일러두기

1. 이 책은 『Kinder- und Hausmärchen: 3 Bde. Ausgabe letzter Hand mit den Originalanmerkungen der Brüder Grimm. von Brüder Grimm und Heinz Rölleke』 (2010 Reclam - Verlag)이라는 〈그림 형제 동화집〉에 실린 동화를 기본으로 하였고, 여러 동화들 중 가장 널리 알려진 대표작 19편을 골라 옮긴 것입니다.
2. 이 책에 실린 작품의 제목은 번역가의 뜻에 따라 원문을 살려 옮겼음을 밝힙니다. (「개구리 왕자」→「개구리 임금님」, 「브레멘 음악대」→「브레멘시에 고용된 악사들」, 「신데렐라」→「재투성이 아가씨 아셴푸텔」, 「빨간 모자」→「작은빨간모자」 등)
3. 현대의 독자가 알기 어려운 단어나 지명, 부가적인 설명이 필요한 부분은 옮긴이의 주를 달아 해소했습니다.

백설공주

 옛날 옛적 어느 한겨울이었어요. 하늘에서 눈송이가 깃털처럼 펄펄 내리고 있었어요. 왕비님은 창문틀이 새까만 흑단(*감나뭇과의 상록 활엽 교목-옮긴이 주. 이하 *표시 옮긴이 주)으로 만들어진 창가에 앉아 바느질을 하고 있었어요. 왕비님은 바느질을 하면서 창밖에 내리는 눈을 바라보다가 그만 바늘에 손가락이 찔리고 말았어요. 핏방울 세 개가 눈 위에 똑똑똑 떨어졌어요. 새하얀 눈 위에 떨어진 핏방울의 빨간색이 참으로 아름다웠지요.
 왕비님은 이렇게 생각했어요.
 '눈처럼 새하얗고, 피처럼 새빨갛고, 창틀의 흑단처럼 새까만 아기가 하나 있었으면 참 좋겠다.'
 얼마 지나지 않아 왕비님은 딸을 낳았어요. 아기는 눈처럼 새하얗고, 피처럼 새빨갛고, 흑단처럼 새까맸어요. 그래서 '백설공주'라고 불렸어요. 그런데 왕비는 아기를 낳은 뒤에 그만 죽고 말았어요.

일 년 뒤, 임금님은 새 아내를 얻었어요. 새 왕비님은 아름다웠어요. 하지만 자신감이 넘치고 거만해서 누군가가 자기보다 더 아름다우면 참지를 못했어요. 새 왕비님은 참으로 놀라운 거울을 가지고 있었어요.

왕비님은 거울 앞으로 걸어가 거울을 들여다보며 말했어요.

**"거울아, 벽에 걸린 거울아,
이 나라 여자들 중에서 누가 최고로 아름답지?"**

거울은 이렇게 대답했어요.

**"왕비님, 왕비님이
이 나라에서
가장 아름다우십니다."**

왕비님은 뿌듯했어요. 거울은 진실만 말했기 때문이에요.

하지만 그 사이에 백설공주는 무럭무럭 자라났어요. 날이 갈수록 아름다워져서 일곱 살이 되자 화창하게 맑은 대낮처럼 아름다웠어요. 왕비님보다 훨씬 더 아름다웠지요.
어느 날 왕비님이 거울에게 물었어요.

**"거울아, 벽에 걸린 거울아,
이 나라 여자들 중에서 누가 최고로 아름답지?"**

거울이 대답했어요.

**"왕비님, 왕비님은 아름다우십니다.
하지만 백설공주가 왕비님보다
천 배는 더 아름답습니다."**

그 말에 왕비님은 기겁을 했어요. 샘이 나서 얼굴빛이 붉으락 푸르락해졌지요. 그 뒤로 왕비님은 백설공주를 볼 때마다 너무 너무 속이 상했어요. 왕비님은 그 여자 아이를 미워했어요. 왕비의 마음속에는 자만심과 질투심이 날이 갈수록 잡초처럼 쑥쑥 자라났어요. 밤이건 낮이건 왕비는 마음이 편치 않았어요. 결국 왕비는 사냥꾼을 불렀어요.
그러고는 이렇게 말했어요.
"그 아이를 숲 속으로 데려가거라. 꼴도 보기 싫으니까. 그 애를 죽이고, 그 증거로 허파와 간을 가져오너라."
사냥꾼은 왕비의 지시에 따라 백설공주를 숲 속으로 데려갔어요. 사냥꾼이 사슴 사냥하는 칼을 꺼내 백설공주의 티 없이 맑고 깨끗한 심장을 찌르려고 하자, 백설공주는 울음을 터뜨렸어요.

백설공주가 말했어요.

"아, 사냥꾼 아저씨, 나 좀 살려 줘. 그럼 거친 숲 속으로 들어가서 다시는 궁전으로 돌아가지 않을게."

백설공주는 너무나 아름다웠어요. 사냥꾼은 백설공주가 불쌍해졌어요.

"불쌍한 아이야, 그럼 어서 도망가렴!"

사냥꾼이 말했어요.

하지만 사냥꾼은 이렇게 생각했어요.

'사나운 짐승들이 너를 곧 잡아먹을 거야.'

사냥꾼은 가슴속에 있던 돌덩이가 쑥 빠져나간 듯한 기분이 들었어요. 백설공주를 죽이지 않아도 되었기 때문이에요. 그때 마침 한 살짜리 새끼 멧돼지 한 마리가 깡충깡충 뛰어왔어요. 사냥꾼은 멧돼지를 죽인 다음, 허파와 간을 꺼내 백설공주를 죽였다는 증거로 왕비에게 갖다주었어요. 요리사는 새끼 멧돼지의 허파와 간을 소금물에 팔팔 끓여야 했어요. 사악한 그 여자는 허파와 간을 남김없이 싹싹 먹어 치웠어요.

그러고는 이렇게 생각했어요.

'백설공주의 허파와 간을 먹었어.'

한편 그 불쌍한 아이는 커다란 숲 속에 달랑 혼자 남아 있었어요. 백설공주는 너무 무서워서 나무들에 매달린 이파리들을 하나도 빠짐없이 모두 뚫어지게 바라보았어요. 어떻게 해야 할지를 몰랐지요. 백설공주는 달리기 시작했어요. 뾰족한 바위들을 뛰어넘고, 가시덤불을 헤치며 마구 내달렸어요. 사나운 짐승들이 백설공주 옆으로 뛰어갔어요. 하지만 맹수들은 백설공주에게 아무 짓도 하지 않았어요. 백설공주는 발을 뗄 수 있는 한 계속 달렸어요.

어느새 저녁이 되었어요. 작은 집 한 채가 보였어요. 백설공주는 좀 쉬려고 그 집 안으로 들어갔어요.

그 작은 집 안에 있는 것들은 모두 작았어요. 하지만 무척이나 앙증맞고, 이루 말할 수 없이 깔끔했어요. 그곳에는 하얀 식탁보가 깔린 작은 식탁도 있었어요. 식탁 위에는 작은 접시 일곱 개가 있고, 접시마다 작은 숟가락이 한 개씩 옆에 놓여 있었지요. 또 작은 나이프와 작은 포크, 작은 잔도 일곱 개씩 있었어요. 벽에는 작은 침대 일곱 개가 나란히 놓여 있었고, 침대 위에는 눈처럼 새하얀 침대보가 덮여 있었어요.

백설공주는 배가 몹시 고프고 목이 말랐어요. 그래서 각각의 작은 접시에서 야채와 빵을 조금씩 덜어 먹고, 각각의 작은 잔에서 포도주도 조금씩 마셨어요. 백설공주는 어떤 한 사람 것만 다 먹어 치우고 싶지는 않았어요.

잠시 뒤, 너무 피곤했던 백설공주는 한 작은 침대에 몸을 뉘였어요. 하지만 백설공주에게 맞는 침대는 한 개도 없었어요. 어떤 것은 너무 길고, 또 어떤 것은 너무 짧았어요. 마침내 일곱 번째 침대가 백설공주에게 딱 맞았어요. 백설공주는 그 침대에 누워 소르르 잠이 들었어요.

날이 완전히 어두워지자 그 작은 집의 주인들이 돌아왔어요.

그 사람들은 산에서 곡괭이로 광석을 캐는 일곱 난쟁이들이었어요. 난쟁이들은 작은 초 일곱 개를 켰어요. 집 안이 환해지자, 난쟁이들은 누군가 집에 들어왔다는 것을 알아차렸어요. 집을 나갈 때는 말끔히 정돈을 해 놓았는데, 모든 게 엉망진창이었거든요.

"누가 내 작은 의자에 앉았지?"

첫째 난쟁이가 말했어요.

"누가 내 접시의 음식을 조금 먹었지?"

둘째 난쟁이가 말했어요.

"누가 내 작은 빵을 조금 먹었지?"

셋째 난쟁이가 말했어요.

"누가 내 작은 야채를 조금 먹었지?"

넷째 난쟁이가 말했어요.

"누가 내 작은 포크를 썼지?"

다섯째 난쟁이가 말했어요.

"누가 내 작은 나이프를 사용했지?"

여섯째 난쟁이가 말했어요.

"누가 내 작은 잔에 담긴 포도주를 마셨지?"

일곱째 난쟁이가 말했어요.

첫째 난쟁이는 주위를 둘러보았어요. 첫째 난쟁이는 자기 침대 시트가 조금 옴폭한 것을 발견했어요.

"누가 내 작은 침대에 올라간 거지?"

첫째 난쟁이가 말했어요.

나머지 난쟁이들이 달려와 외쳤어요.

"내 침대에도 누군가가 누워 있었어."

일곱째 난쟁이는 자기 침대에서 백설공주를 발견했어요. 백설공주는 침대에 누워 쌔근쌔근 잠을 자고 있었어요. 일곱째 난쟁이는 다른 난쟁이들에게 소리쳤어요. 그러자 난쟁이들이 콩콩거리며 우르르 달려갔어요. 그러고는 깜짝 놀라 소리를 빽 질렀어요. 난쟁이들은 각자 자신의 작은 촛불을 가져와 백설공주를 비추었어요.

난쟁이들이 외쳤어요.

"이런, 세상에! 이럴 수가! 참 예쁜 아이네!"

난쟁이들은 뛸 듯이 기뻐했어요. 그래서 그 아이를 깨우지 않고 작은 침대에서 자도록 내버려 두었어요.

일곱째 난쟁이는 친구들 곁에서 잤어요. 밤새도록 한 침대에서 한 시간씩 잤지요. 그렇게 밤이 지나갔어요.

아침이 되자, 백설공주가 잠에서 깨어났어요. 일곱 난쟁이들을 보고 소스라치게 놀랐지요. 하지만 일곱 난쟁이들은 친절하게 대해 주었어요.

"이름이 뭐니?"

일곱 난쟁이들이 물었어요.

"백설공주."

백설공주가 대답했어요.

"어떻게 우리 집에 온 거니?"

난쟁이들은 계속 물었어요.

백설공주는 새엄마가 자신을 죽이라고 사냥꾼에게 명령을 내렸는데 사냥꾼이 살려 주었고, 온종일 달리다가 마침내 난쟁이들의 작은 집을 발견했다고 말해 주었어요.

"너, 우리 집 살림을 맡아 줄래? 요리도 하고, 침대도 정리하고, 빨래도 하고, 바느질과 뜨개질도 해 줘. 네가 집 안을 말끔히 정리해 줄 마음이 있다면, 우리와 함께 살게 해 줄게. 아쉬운 것 없이 살 수 있을 거야."

난쟁이들이 말했어요.

"그럴게. 정말로 그렇게 할게."

백설공주가 말했어요.

백설공주는 난쟁이들의 집에서 살림을 맡아 했어요. 아침이면 난쟁이들은 산에 가서 광석과 금을 캤고, 저녁이 되면 다시 돌아왔어요. 그때까지 음식이 모두 준비되어야 했지요.

  그 여자 아이는 종일토록 혼자 있었어요. 그래서 마음씨 고운 일곱 난쟁이들은 여자 아이에게 주의를 주었어요.

  "새엄마를 조심해야 해. 새엄마는 네가 여기 있는 것을 곧 알게 될 거야. 아무도 집에 들이면 안 돼."

  하지만 백설공주의 허파와 간을 먹었다고 생각한 왕비는 자신이 그 나라에서 최고로 아름다운 여자라고 철석같이 믿고 있었어요.

  왕비는 거울 앞으로 가서 말했어요.

  **"거울아, 벽에 걸린 거울아,
  이 나라 여자들 중에서 누가 최고로 아름답지?"**

  그러자 거울이 대답했어요.

  **"왕비님, 여기서는 왕비님이 가장 아름답습니다.
  하지만 저 산들 너머
  일곱 난쟁이들 집에 사는 백설공주가
  왕비님보다 천 배는 더 아름답습니다."**

  그 말에 왕비는 기겁을 했어요. 거울이 거짓말을 하지 않는다는 것을 왕비가 잘 알고 있었기 때문이에요. 왕비는 사냥꾼이 자신을 속였다는 것과 백설공주가 아직도 살아 있다는 것을 모두 알게 되었어요. 왕비는 어떻게 하면 백설공주를 죽일 수 있을까 궁리하고 또 궁리했어요. 자신이 그 나라 여자들 중에서 가장 아름답지 않은 한 질투심은 잠잠해지지 않을 테니까요.

왕비는 마침내 좋은 생각이 떠올랐어요. 왕비는 얼굴에 색칠을 하고, 장사꾼 할머니들이 입는 옷을 입었어요. 아무도 알아볼 수 없었지요. 왕비는 이 모습으로 산 일곱 개를 넘어 일곱 난쟁이들이 사는 집으로 갔어요.

왕비는 문을 두드리며 외쳤어요.

"좋은 물건이 왔어요. 물건 사세요!"

"할머니, 안녕? 뭘 파는 거야?"

백설공주는 창밖을 내다보며 외쳤어요.

"좋은 물건과 예쁜 물건을 팔지. 온갖 빛깔의 코르셋 끈을 판단다."

할머니가 대답했어요.

왕비는 알록달록한 비단실을 꼬아 만든 코르셋 끈 한 개를 꺼냈어요.

'이 할머니는 믿을 만하니까 집에 들어오게 해도 괜찮을 거야.'

백설공주는 생각했어요.

백설공주는 문의 빗장을 열고 그 예쁜 끈을 샀어요.

"애야, 참 예쁘게 생겼구나! 이리 오렴, 내가 끈을 잘 매 줄게."

할머니가 말했어요.

백설공주는 할머니가 나쁜 사람으로 보이지 않았어요. 그래서 할머니 앞에 서서 할머니가 끈으로 자신의 허리를 묶도록 내버려 두었어요. 할머니는 잽싸게 끈을 묶었어요. 어찌나 꽉 졸라맸던지 백설공주는 그만 숨이 막혀 그 자리에 픽 쓰러졌어요. 꼭 죽은 것 같았지요.

　할머니가 말했어요.

　"지금까지는 네가 가장 아름다운 여자였지."

　왕비는 서둘러 문 밖으로 나갔어요.

　얼마 뒤, 저녁이 되자 일곱 난쟁이들이 집에 돌아왔어요. 난쟁이들은 자신들의 사랑스러운 백설공주가 바닥에 쓰러져 있는 것을 보고 화들짝 놀랐어요. 백설공주는 꼼짝도 하지 않았어요. 꼭 죽은 것 같았지요. 난쟁이들은 백설공주를 높이 들어올렸어요. 난쟁이들은 백설공주의 허리에 끈이 너무너도 단단하게 동여매어져 있는 것을 보고 얼른 끈을 싹둑 잘라 버렸어요. 그러자 백설공주는 가느다랗게 숨을 쉬기 시작했어요. 그리고 차츰 생기를 되찾았어요.

　난쟁이들은 백설공주에게 무슨 일이 일어났는지 다 듣고는 이렇게 말했어요.

　"그 장사꾼 할머니가 바로 그 사악한 왕비야. 조심해. 우리가 집에 없을 때는 절대 아무도 집에 들이지 마."

　그 사악한 여자는 궁전으로 돌아온 뒤, 거울 앞으로 가서 물었어요.

"거울아, 벽에 걸린 거울아,
이 나라 여자들 중에서 누가 최고로 아름답지?"

그러자 거울은 예전과 똑같이 대답했어요.

"왕비님, 여기서는 왕비님이 가장 아름다우십니다.
하지만 저 산들 너머
일곱 난쟁이들 집에 사는 백설공주가
왕비님보다 천 배나 더 아름답습니다."

왕비는 그 말을 듣고 피가 거꾸로 솟는 것 같았어요. 왕비는 소스라치게 놀랐어요. 왜냐하면 이번에도 백설공주가 살아났다는 것을 확실히 알게 되었으니까요.
"이번에는 너를 완전히 없앨 방법을 찾아내고야 말 거다."
왕비가 말했어요.
왕비는 자신이 알고 있는 마법을 모두 동원해 독이 들어 있는 빗을 한 개 만들었어요. 그런 다음 변장을 했어요. 이번에는 다른 할머니의 모습을 했지요.
왕비는 산 일곱 개를 넘어 일곱 난쟁이들이 살고 있는 집으로 가서 문을 두드렸어요.
왕비는 이렇게 말했어요.
"좋은 물건이 왔어요. 물건 사세요!"
"그냥 가세요. 집에 사람 들이면 안 돼요."

백설공주는 창밖을 내다보며 말했어요.
"그냥 구경만 하는 건 괜찮아."
할머니가 말했어요.
왕비는 독빗을 꺼내 높이 쳐들었어요. 그 빗은 아이의 마음에 쏙 들었어요. 백설공주는 홀린 듯 그만 문을 열어 주고 말았어요.
마침내 백설공주가 빗을 사겠다고 하자, 할머니가 말했어요.
"내가 머리를 제대로 빗겨 줄게."
불쌍한 백설공주는 아무 생각 없이 할머니가 하는 대로 내버려 두었어요. 하지만 왕비가 백설공주의 머리카락 속에 빗을 쑥 집어넣자마자 빗에 있던 독이 퍼져 나갔어요. 여자 아이는 정신을 잃고 바닥에 픽 쓰러졌어요.
"네가 아름다움의 화신이기는 하지만 이젠 다 끝났어."
사악한 여자가 말했어요.
할머니는 그곳을 떠났어요.
다행히 곧 저녁이 되어 일곱 난쟁이들이 집으로 돌아왔어요. 백설공주가 죽은 사람처럼 땅바닥에 누워 있는 것을 본 난쟁이들은 곧바로 백설공주의 새엄마가 한 짓이라고 생각했어요. 난쟁이들은 백설공주의 몸을 찬찬히 살피다 마침내 독빗을 찾아냈어요. 빗을 빼자 백설공주는 이내 정신을 차리고 무슨 일이 일어났는지 이야기해 주었어요. 난쟁이들은 백설공주에게 조심하라고 주의를 주고, 아무한테도 문을 열어 주지 말라고 다시 한 번 당부했어요.
궁전으로 돌아온 왕비는 거울 앞에 서서 말했어요.

**"거울아, 벽에 걸린 거울아,
이 나라 여자들 중에서 누가 최고로 아름답지?"**

그러자 거울이 예전과 똑같이 말했어요.

**"왕비님, 여기서는 왕비님이 가장 아름다우십니다.
하지만 산들 너머
일곱 난쟁이들 집에 사는 백설공주가
왕비님보다 천 배나 더 아름답습니다."**

왕비는 거울이 하는 말을 듣고 너무너무 화가 나서 사시나무 떨듯 파르르 떨었어요.
"백설공주는 죽어야만 해. 죽기 살기로 해 보자."
왕비가 외쳤어요.
왕비는 아무도 모르는 어떤 외딴 방으로 갔어요. 누구도 그 방에는 들어가지 않았지요. 왕비는 독이 잔뜩 든 사과 한 개를 만들었어요. 겉보기에는 참 예쁜 사과였어요. 반은 새하얗고 반은 새빨갰지요. 사과를 보면 누구나 먹고 싶은 마음이 일었어요. 하지만 이 사과는 아주 조금만 베어 물어도 죽고 마는 사과였지요.
사과가 다 만들어지자 왕비는 얼굴에 물을 들이고 농부의 아내가 입는 옷을 입었어요. 그러고는 산 일곱 개를 넘어 일곱 난쟁이들이 살고 있는 집으로 갔어요. 왕비가 문을 두드렸어요.

그러자 백설공주가 창밖으로 고개를 쑥 내밀고 말했어요.

"아무도 집에 들이면 안 돼. 일곱 난쟁이들이 절대로 안 된다고 했어."

"뭐, 난 상관없어. 이 사과들은 모두 팔릴 거니까. 자, 그냥 한 개 줄게."

농부의 아내가 대답했어요.

"안 돼. 어떤 것도 받으면 안 돼."

백설공주가 말했어요.

"독이 들어 있을까 봐 무서워서 그러니? 자, 잘 보렴. 내가 사과를 반으로 쪼갤게. 빨간 쪽은 네가 먹으렴. 하얀 쪽은 내가 먹을게."

할머니가 말했어요.

하지만 사과는 아주 교묘하게 만들어져서 빨간 쪽에만 독이 들어 있었어요. 백설공주는 그 예쁜 사과가 무척 먹고 싶었어요. 농부 아내가 사과를 어서석 베어 먹는 것을 보고는 더는 참지 못하고 손을 뻗어 독이 든 반쪽을 받았어요. 하지만 한 입 깨물자마자 그대로 바닥에 쓰러졌어요. 꼭 죽은 것 같았지요.

그러자 왕비는 소름이 쫙 끼치는 눈빛으로 백설공주를 살펴보더니 요란하게 웃으며 말했어요.

"눈처럼 새하얗고, 피처럼 새빨갛고, 흑단처럼 새까맣긴 하군! 이번엔 난쟁이들도 너를 깨우지 못할 거다!"

왕비는 궁전에 돌아와 거울에게 물었어요.

"거울아, 벽에 걸린 거울아,
이 나라 여자들 중에서 누가 최고로 아름답지?"

거울이 마침내 대답했어요.

"왕비님, 이 나라 최고 미인은 왕비님이십니다."

끊임없이 질투했던 왕비의 마음은 마침내 평안을 찾았어요.
저녁나절에 집으로 돌아온 난쟁이들은 백설공주가 바닥에 쓰러져 있는 것을 발견했어요. 백설공주의 입에서는 숨결도 느껴지지 않았어요. 백설공주는 죽은 거예요. 난쟁이들은 백설공주의 몸을 들어올린 다음, 혹시 독이 묻은 물건이 있는지 찬찬히 살펴보았어요. 난쟁이들은 백설공주의 허리끈도 풀러 주고, 머리도 빗겨 주고, 물과 포도주로 백설공주의 몸을 닦아 주기도 했어요. 하지만 아무 소용없었어요. 그 사랑스러운 아이는 죽은 거예요. 다시 살아나지 않았지요.
난쟁이들은 백설공주를 들것 위에 눕히고 일곱 명 모두 그 위에 앉았어요. 난쟁이들은 백설공주를 그리워하며 슬피 울었어요. 사흘 동안이나 엉엉 울었지요. 난쟁이들은 백설공주를 땅에 묻으려고 했어요. 하지만 백설공주는 마치 살아 있기라도 한 듯이 생기 있어 보였어요. 두 뺨도 여전히 보기 좋게 발그스레했고요.
"백설공주를 시꺼먼 땅속에 묻을 수는 없어."
난쟁이들이 말했어요.

난쟁이들은 유리로 투명한 관을 짜게 했어요. 백설공주를 어느 방향에서건 볼 수 있게요. 난쟁이들은 백설공주를 그 안에 눕히고, 금빛 글씨로 이름을 썼어요. 그리고 '백설'이는 공주였다는 말도 써넣었어요.

그런 다음 난쟁이들은 관을 산 위로 옮겼어요. 그리고 한 사람씩 번갈아 가면서 그 옆에 남아 관을 지켰어요. 짐승들도 찾아와 백설공주를 떠올리며 슬피 울었어요. 처음에는 올빼미 한 마리가 오고, 그다음엔 커다란 까마귀 한 마리가 오고, 마지막으로는 작은 비둘기 한 마리가 왔지요.

백설공주는 아주아주 오랫동안 관 속에 누워 있었어요. 그런데도 몸은 하나도 썩지 않았어요. 백설공주는 마치 곤히 잠을 자고 있는 것처럼 보였어요. 여전히 살결은 눈처럼 새하얗고, 입술은 피처럼 붉디붉고, 머리카락은 흑단처럼 새까맸지요.

그러던 어느 날 한 왕자가 숲 속에 들어왔다가 난쟁이들 집을 찾아왔어요. 그곳에서 하룻밤 묵으려고요. 왕자는 산 위에서 관과 그 안에 누워 있는 아름다운 백설공주를 보았어요. 그런 다음 관 위에 쓰인 금빛 글씨를 읽었어요.

"이 관을 내게 넘겨다오. 뭐든 너희가 달라는 대로 다 주겠다."

왕자가 난쟁이들에게 말했어요.

하지만 난쟁이들은 이렇게 대답했어요.

"이 세상의 황금을 모조리 다 준다고 해도 우리는 관을 절대 못 드립니다."

"그럼 내게 이 관을 선물하거라. 난 백설공주를 안 보면 살

수 없으니까. 나는 백설공주를 가장 사랑하는 사람처럼 깊이 존경하겠다."

왕자가 말했어요.

마음씨 고운 난쟁이들은 왕자의 말을 듣고 왕자가 불쌍해졌어요. 그래서 왕자에게 관을 주었어요. 왕자는 시종들에게 관을 어깨에 짊어지라고 했어요. 그런데 시종들이 덤불을 넘다 그만 덤불에 걸려 넘어지고 말았어요. 그 바람에 관이 흔들리면서 백설공주가 베어 먹었던, 독약이 든 사과 조각이 목에서 톡 튀어나왔어요. 잠시 뒤, 백설공주는 살포시 눈을 떴어요. 그러고는 관 뚜껑을 높이 밀어 올리면서 일어났어요. 다시 살아난 거예요.

백설공주가 외쳤어요.

"어머, 여기가 어디지?"

왕자는 뛸 듯이 기뻐하며 말했어요.

"공주님은 제 곁에 계십니다."

왕자는 그동안 일어난 일을 들려주었어요.

그러고는 이렇게 말했어요.

"저는 공주님을 세상의 그 무엇보다 사랑합니다. 우리 아버지의 궁전으로 함께 갑시다. 제 아내가 되어 주세요."

백설공주는 왕자가 마음에 들었어요. 그래서 왕자와 함께 갔어요. 두 사람의 결혼식은 아주 성대하고 화려하게 치러졌어요.

백설공주의 사악한 새엄마도 결혼 잔치에 초대를 받았어요.

왕비는 아름다운 옷을 입고 거울 앞에 서서 말했어요.

"거울아, 벽에 걸린 거울아,
이 나라 여자들 중에서 누가 최고로 아름답지?"

거울이 대답했어요.

"왕비님, 여기에서는 왕비님이 가장 아름다우십니다.
하지만 젊은 왕비님이
왕비님보다 천 배나 더 아름다우십니다."

그러자 그 사악한 여자는 저주와 욕설을 마구 퍼부어 댔어요. 그 나쁜 여자는 엄청나게 불안하고 두려워서 어쩔 줄 몰랐어요. 처음에는 결혼식에 가고 싶지 않았지만 조바심이 났어요. 결혼식장에 가서 젊은 왕비를 꼭 보고 싶었지요.

결혼식장에 들어선 왕비는 한눈에 백설공주를 알아보았어요. 왕비는 너무나 두렵고 놀란 나머지 그 자리에 우뚝 멈추어 서서 꼼짝도 할 수 없었어요. 누군가가 숯불 위에 놓여 있던, 쇠로 만든 슬리퍼를 부집게로 집어 왕비 앞에 가져다 놓았어요. 왕비는 시뻘겋게 달아오른 그 신발을 신고, 죽어서 땅바닥에 쓰러질 때까지 춤을 춰야 했지요.

헨젤과 그레텔

 어느 커다란 숲 앞쪽에 가난한 나무꾼이 아내와 두 아이와 함께 살고 있었어요. 남자 아이의 이름은 '헨젤'이고, 여자 아이의 이름은 '그레텔'이었어요. 나무꾼에게는 식량이 조금밖에 없었어요. 그런데 어느 해, 온 나라에 큰 흉년이 들어 먹을거리가 모자라게 되었어요. 나무꾼은 더는 끼니도 해결할 수 없었지요. 나무꾼은 저녁마다 걱정을 하느라 몸을 뒤척였어요.

"이제 우리 어떻게 하지요? 먹을 게 하나도 없으니 우리 불쌍한 아이들을 어떻게 키우지요?"

나무꾼이 한숨을 푹 내쉬며 아내에게 말했어요.

그러자 아내가 말했어요.

"여보, 우리 말이야, 내일 아침 일찍 아이들을 숲 속으로 데려가요. 나무들이 아주 빽빽한 곳으로요. 그 한가운데에 불을 피워 주고, 빵을 한 조각씩 주는 거예요. 그런 다음 우리는 일을 하다가 집으로 오자고요. 아이들은 거기에 그냥 두고요. 애들은 집에 오는 길을 찾지 못할 거예요. 그럼 우리는 애들에게서 해방되는 거예요."

"안 돼요. 난 그렇게 못 해요. 어떻게 내 자식들을 숲 속에 남겨 두고 올 수 있단 말이에요? 사나운 짐승들이 곧바로 와서 아이들을 갈기갈기 찢어 버릴 거예요."

남편이 말했어요.

"이 바보 같은 영감아, 안 그러면 우리 네 식구는 모두 꼼짝없이 굶어 죽고 말 거예요. 그럼 당신은 식구들 관을 짤 널빤지나 대패질하시든가."

아내가 계속 달달 볶자, 결국 남편은 그렇게 하겠다고 했어요.

"하지만 애들이 너무 불쌍해."

남편이 말했어요.

두 아이는 너무나도 배가 고파서 잠을 이룰 수가 없었어요. 아이들은 새엄마가 아빠에게 하는 말을 전부 들었어요.

그레텔은 한없이 슬피 울면서 헨젤에게 말했어요.

"이제 우리는 끝났어."

"그레텔, 울지 마. 슬퍼하지도 말고. 내가 방법을 생각해 볼게."

헨젤이 말했어요.

어른들이 잠들자, 헨젤은 자리에서 일어나 웃옷을 입고 아래쪽 문을 연 다음, 살그머니 밖으로 나갔어요. 달이 휘영청 밝았어요. 집 앞에 있는 하얀 조약돌들이 마치 진짜 은화처럼 반짝반

짝 빛났어요. 헨젤은 몸을 굽혀 웃옷의 작은 주머니에 조약돌이 더는 들어갈 수 없을 만큼 잔뜩 쑤셔 넣었어요.

그런 다음 다시 돌아와 그레텔에게 말했어요.

"이제 안심해도 돼. 귀염둥이 동생아, 어서 편히 잠들렴. 하느님이 우리를 버리지 않으실 거야."

헨젤은 다시 자기 침대에 누웠어요.

동이 트기 시작했어요.

아직 해도 뜨지 않았는데 새엄마는 벌써부터 아이들을 깨웠어요.

"이 게으름뱅이들아, 일어나. 숲 속으로 가서 나무를 할 거니까."

그런 다음 새엄마는 아이들에게 빵을 한 조각씩 나눠 주면서 말했어요.

"점심이야. 미리 다 먹어 버리면 안 돼. 더 안 줄 거니까."

그레텔은 빵을 앞치마에 쌌어요. 헨젤의 주머니에는 조약돌이 잔뜩 들어 있었으니까요. 잠시 뒤, 네 식구는 숲으로 떠났어요. 얼마쯤 걷다가 헨젤은 멈추어 서서 집 쪽을 돌아보았어요. 그 뒤로도 계속 뒤를 돌아보았지요.

"헨젤, 왜 자꾸 뒤를 돌아보며 멈추어 서니? 정신 차리고 부지런히 걸어."

아빠가 말했어요.

"아, 아버지, 하얀 새끼 고양이를 보는 거예요. 지붕에 앉아 나한테 '안녕, 잘 가!'라고 인사를 하려고 하네요."

헨젤이 대답했어요.

"바보 같은 녀석, 저건 새끼 고양이가 아냐. 저건 굴뚝을 비추고 있는 아침 해야."

새엄마가 말했어요.

하지만 헨젤은 새끼 고양이를 본 게 아니었어요. 헨젤은 줄곧 자기 주머니에서 반짝반짝 빛나는 조약돌을 한 개씩 길에 던진 거예요.

숲 한가운데로 오자, 아빠가 말했어요.

"얘들아, 이제 땔감을 모아 오렴. 나는 너희들이 춥지 않게 모닥불을 피워 줄게."

헨젤과 그레텔은 마른 나뭇가지를 주워 왔어요. 그러고는 작은 산만큼 높이 쌓은 다음, 불을 붙였어요.

불꽃이 활활 높이 타오르자, 새엄마가 말했어요.

"얘들아, 이제 불 옆에 누워 푹 쉬렴. 우리는 숲 속으로 들어가서 나무를 벨 거야. 일이 끝나면 너희를 데리러 올게."

헨젤과 그레텔은 모닥불 가에 앉았어요. 한낮이 되자, 아이들은 빵을 한 조각씩 먹었어요. 장작을 패는 도끼 소리가 들려왔기 때문에 아이들은 아버지가 가까이 있다고 생각했지요. 하지만 그건 도끼 소리가 아니었어요. 아빠가 말라죽은 나무에 묶어 놓은 굵은 나뭇가지가 바람에 이리저리 흔들리며 나무에 부딪치는 소리였지요.

아이들은 아주아주 오랫동안 앉아 있었어요. 피곤에 지친 아이들은 스르르 눈이 감겼어요. 아이들은 깊이 잠이 들었어요.

마침내 아이들이 눈을 떴을 때는 이미 깜깜한 밤이었지요.

그레텔은 앙 울음을 터뜨리며 말했어요.

"우리 이제 어떻게 숲을 빠져나가?"

하지만 그레텔은 한없이 슬피 울면서 헨젤에게 말했어요.

"달이 뜰 때까지 조금만 기다려. 그럼 길이 보일 거야."

이윽고 보름달이 뜨자, 헨젤은 누이동생의 손을 잡고 조약돌을 따라 걸었어요. 조약돌은 새 은화처럼 반짝였어요. 조약돌은 두 아이에게 길을 가르쳐 주었어요. 아이들은 밤새도록 걸어서 동이 틀 무렵 집에 닿았어요. 아이들은 문을 두드렸어요.

새엄마는 문을 열어 주며 헨젤과 그레텔이 온 것을 보고는 이렇게 말했어요.

"못된 것들 같으니라고. 숲 속에서 그렇게 오래 잠을 자면 어떡하니? 우리는 너희가 집에 돌아올 생각이 없는 줄 알았잖아."

하지만 아빠는 기뻐했어요. 애들만 달랑 숲 속에 두고 온 게 내내 마음에 걸렸었거든요.

얼마 지나지 않아 온 나라가 또다시 어려워졌어요. 아이들은 새엄마가 침대에서 아빠에게 하는 말을 들었어요.

"먹을 게 또 똑 떨어졌어요. 빵도 딱 반 덩어리밖에 남지 않았고요. 좀 있으면 이런 넋두리도 끝이에요. 아이들이 없어져 버려야 해요. 우리, 아이들을 더 깊은 숲 속으로 데려갑시다. 아이들이 길을 찾지 못하게요. 안 그러면 우리는 살아남을 방법이 없어요."

아빠는 너무너무 가슴이 아팠어요.

'마지막 한 입까지 자식들과 나눠 먹는 게 좋을 거야.'

아빠는 생각했어요.

하지만 새엄마는 아빠가 하는 말을 한 마디도 들으려고 하지 않았어요. 새엄마는 아빠를 꾸짖고 나무랐어요. 한번 시작한 건 끝을 맺어야 하는 법이지요. 아빠는 새엄마에게 한 번 뜻을 굽혔기 때문에 다음 번에도 그렇게 해야 했어요.

아이들은 잠들지 않고 깨어 있었어요. 그래서 아빠와 새엄마가 나누는 이야기를 다 들었지요. 어른들이 잠들자, 헨젤은 또다시 자리에서 살짝 일어나 밖으로 나가 지난번처럼 조약돌을 주우려고 했어요. 하지만 새엄마가 문을 잠갔기 때문에 밖으로 나갈 수는 없었어요.

그러나 헨젤은 동생을 달랬어요.

그러고는 이렇게 말했어요.

"그레텔, 울지 마. 걱정 말고 잠이나 자렴. 하느님이 우리를 틀림없이 도와주실 거야."

이른 아침에 새엄마는 아이들 방으로 와서 아이들을 침대 밖으로 끌어냈어요. 새엄마는 아이들에게 작은 빵을 한 조각씩 주었어요. 하지만 지난번보다 훨씬 작았지요. 숲으로 가는 길에 헨젤은 주머니 속에서 빵을 잘게 부순 다음, 자주 멈추어 서서 땅바닥에 빵 부스러기를 한 개씩 떨어뜨렸어요.

"헨젤, 거기 서서 뭘 두리번거리는 거야? 어서 가자."

아빠가 말했어요.

"제 작은 비둘기를 보는 거예요. 지붕 위에 앉아 저한테 '안녕, 잘 가!' 하고 인사를 하고 싶어 해요."

헨젤이 대답했어요.

"바보 같은 녀석, 저건 새끼 비둘기가 아냐. 굴뚝 위에서 아침 해가 비추고 있는 거야."

새엄마가 말했어요.

하지만 헨젤은 빵 부스러기를 길 위에 계속 떨어뜨렸어요. 마침내 빵 부스러기는 하나도 남지 않았지요.

새엄마는 아이들을 더 깊은 숲 속으로 데려갔어요. 아이들이 지금까지 가 본 적이 없는 곳으로요. 새엄마는 이번에도 모닥불을 괄하게 지폈지요.

"얘들아, 딴 데 가지 말고 여기 앉아 있어야 돼. 피곤하면 눈을 좀 붙이렴. 우리는 숲 속에 들어가서 나무를 벨 거야. 저녁에 일이 다 끝나면, 데리러 올게."

새엄마가 말했어요.

한낮이 되자, 그레텔은 자기 몫의 빵을 헨젤과 나눠 먹었어요. 헨젤은 자기 빵을 길 위에 뿌렸으니까요. 점심을 먹은 뒤, 오누이는 잠이 들었어요.

어느 새 저녁이 지났어요. 하지만 그 불쌍한 아이들에게는 아무도 오지 않았어요. 칠흑 같은 한밤중이 되어서야 비로소 아이들은 잠에서 깨어났어요.

헨젤은 여동생을 살살 달랬어요.

"그레텔, 달이 뜰 때까지 조금만 기다려. 그럼 내가 뿌려 놓은 빵 부스러기가 보일 거야. 빵 부스러기가 우리에게 길을 가르쳐 줄 거야."

달이 뜨자, 오누이는 길을 떠났어요. 하지만 빵 부스러기는 하나도 보이지 않았어요. 왜냐하면 숲과 들판을 이리저리 날아다니는 수천 마리의 새들이 빵 부스러기를 몽땅 콕콕 쪼아 먹었기 때문이에요.

"틀림없이 길을 찾을 수 있을 거야."

헨젤이 말했어요.

하지만 길은 나타나지 않았어요. 아이들은 밤새도록 타박타박 걸었어요. 이튿날도 아침부터 저녁때까지 걸었지요. 하지만 숲을 빠져나가지는 못했어요. 아이들은 너무너무 배가 고팠어요. 땅에 열린 딸기 몇 개밖에 먹지 못했거든요. 아이들은 너무나도 지쳐 한 발자국도 더 움직이고 싶지 않았어요. 아이들은 어떤 나무 밑에 몸을 누이고는 소르르 잠이 들었어요.

어느덧 아이들이 집을 떠난 지 사흘째가 되었어요. 아이들은 또다시 걷기 시작했어요. 하지만 아이들은 점점 더 숲 속 깊이 들어가고 있었어요. 당장이라도 누군가 도와주지 않으면, 아이들은 배고픔과 갈증으로 엄청나게 고생을 했을 거예요.

한낮이 되자, 아이들은 눈처럼 새하얗고 예쁜 작은 새 한 마리가 굵은 나뭇가지에 앉아 있는 것을 보았어요. 새의 노랫소리는 이루 말할 수 없을 정도로 아름다웠어요. 아이들은 멈추어 서서 귀를 쫑긋 세우고 새의 노랫소리를 들었어요. 새는 노래가 끝나자, 파닥파닥 날갯짓을 하더니 포르르 날아가 버렸어요.

아이들은 그 작은 새를 따라갔어요. 그러자 작은 집 한 채가 나타났어요. 작은 새는 그 작은 집 지붕 위에 앉아 있었어요. 아이들은 집 앞으로 바싹 다가갔어요. 그 작은 집은 빵으로 지어져 있었고, 지붕은 케이크로 덮여 있었어요. 하지만 창문은 하얀 설탕으로 만들어져 있었지요.

"자, 우리, 어서 먹자. 맛있게 먹는 거야. 난 지붕을 한 조각 먹을 거야. 그레텔, 넌 창문을 먹으렴. 달콤할 거야."

헨젤이 말했어요.

헨젤은 지붕이 무슨 맛이 나는지 알아보기 위해 손을 높이 뻗어 지붕을 조금 뜯었어요. 그레텔은 유리창 옆에 서서 유리창을 바삭바삭 씹어 먹었어요. 그러자 집 안에서 누군가 창밖을 내다보고 외쳤어요. 목소리가 참 고왔지요.

**"바삭, 바삭, 오도독.
누가 내 작은 집을 바삭바삭 먹는 거야?"**

아이들이 대답했어요.

**"바람이에요. 바람.
하늘의 아이."**

아이들은 조금도 신경 쓰지 않고 계속 먹었어요. 지붕은 기가 막히게 맛있었어요. 헨젤은 커다란 지붕 조각 한 개를 뚝 떼어 냈어요. 그리고 그레텔은 둥그런 유리창을 통째로 뜯어낸 다음,

땅바닥에 앉아 냠냠 맛있게 먹었어요.

그때 문이 홱 열렸어요. 그리고 파파 할머니가 지팡이를 짚고 나왔어요. 헨젤과 그레텔은 소스라치게 놀라서 손에 쥐고 있던 걸 모두 바닥에 뚝 떨어뜨렸어요.

하지만 파파 할머니는 머리를 앞뒤로 흔들며 말했어요.

"어머나, 고것들 귀엽기도 하군. 누가 너희를 이곳에 데려다 줬니? 어서 들어와. 나랑 같이 살자. 너희를 해치지는 않을게."

파파 할머니는 두 아이의 손을 잡고 조그만 자기 집 안으로 데리고 들어갔어요. 식탁에는 맛있는 음식이 차려져 있었어요. 우유도 있고, 설탕과 사과와 호두를 넣고 만든 팬케이크도 있었어요. 잠시 뒤에, 파파 할머니는 작고 예쁜 침대 두 개에 하얀 이불을 깔아 주었어요. 헨젤과 그레텔은 침대에 누웠어요. 둘은 얼마나 행복했는지 몰라요.

파파 할머니는 아주 친절하게 대해 주었어요. 하지만 그 파파 할머니는 호시탐탐 아이들을 노리는 사악한 마녀였어요. 마녀는 아이들을 꼬이기 위해 작은 빵집을 지었을 뿐이에요. 한 아이가 마녀의 손아귀에 잡히면, 마녀는 그 아이를 죽인 다음, 푹푹 삶아 아귀아귀 먹었어요. 그런 날은 바로 마녀의 잔칫날이었지요. 마녀들의 눈은 새빨갛고, 먼 곳을 잘 보지 못했어요. 하지만 냄새는 짐승들처럼 아주 잘 맡았어요. 그래서 사람들이 다가오면, 곧바로 알아차렸지요. 헨젤과 그레텔이 가까이 다가오자, 마녀는 요란하게 웃어 댔어요.

그러고는 비웃는 듯한 목소리로 말했어요.

"이제 내 손아귀에 들어왔군. 절대 도망가지 못해."

다음날 이른 아침, 아이들은 아직 곤히 잠을 자고 있었지만 마녀는 진작 일어났어요. 마녀는 뺨이 토실토실 살이 올라 발그스레한 두 아이가 무척이나 사랑스러운 모습으로 콜콜 자고 있는 것을 보고는 이렇게 중얼거렸어요.

"맛있겠군."

마녀는 뼈만 남은 앙상한 손으로 헨젤을 움켜쥐고는 작은 가축우리로 끌고 갔어요. 그러고는 헨젤을 그 안에 가두고 격자문을 잠가 버렸어요. 헨젤은 있는 힘을 다해 소리를 질렀지만 아무 소용이 없었어요.

"이 게으름뱅이 계집애야, 빨리 일어나. 네 오빠가 먹을 음식을 요리해. 네 오빠는 밖에 있는 우리 안에 앉아 있어. 그 녀석은 토실토실 살이 쪄야 해. 그 녀석이 살이 찌면 내가 잡아먹을 거다."

마녀는 그레텔을 흔들어 깨우며 고함을 질렀어요.

그레텔은 슬피 울었어요. 하지만 아무 소용이 없었지요. 그레텔은 사악한 마녀가 시키는 대로 해야 했어요. 그레텔은 헨젤에게 최고로 맛있는 음식을 만들어 주었어요. 하지만 정작 자신은 게 껍질밖에 얻어먹지 못했지요.

매일 아침, 마녀는 작은 우리에 살금살금 다가가 외쳤어요.

"헨젤, 손가락을 내밀어 봐. 네가 살이 쪄 가고 있는지 아닌지 알아야겠다."

하지만 헨젤은 작은 뼈다귀를 내밀었어요. 눈이 뿌연 마녀는

그게 헨젤의 손가락인 줄 알았어요. 헨젤이 하나도 살이 찌지 않아 마녀는 참으로 이상하다고 생각했어요.

한 달쯤 지나도 헨젤이 여전히 바싹 마른 채로 있자, 마녀는 안달이 났어요. 마녀는 더는 기다리기 싫었어요.

"어이, 그레텔! 어서 빨리 물을 가져와. 헨젤이 살이 쪘건 말랐건 내일 잡아서 요리해야겠다."

마녀가 외쳤어요.

아, 불쌍한 그레텔은 물을 길어 오면서 얼마나 가슴이 아팠는지 몰라요. 두 뺨 위로 하염없이 눈물이 흘렀지요!

그레텔이 외쳤어요.

"하느님, 저희를 도와주세요! 숲 속의 사나운 짐승들이 저희를 잡아먹었다면, 저희는 함께 죽을 수 있었을 거예요."

마녀가 말했어요.

"쟁쟁대며 울지 마. 아무 소용없어."

이른 아침에 그레텔은 밖에 나가 솥에 물을 담아 걸대에 걸어 놓은 다음, 불을 지펴야 했어요.

"우선 빵부터 굽자. 오븐은 벌써 데워 놓았어. 반죽도 해 놓았고."

마녀는 불쌍한 그레텔을 불꽃이 넘실거리고 있는 오븐 쪽으로 홱 밀었어요.

마녀가 말했어요.

"오븐 안으로 기어들어가. 오븐이 제대로 덥혀졌는지 보고 와. 빵을 넣어야 하니까."

 마녀는 그레텔이 오븐 안으로 들어가면, 얼른 오븐 문을 닫아 버릴 작정이었어요. 그럼 그레텔은 그 안에서 빵처럼 바삭바삭 구워지는 것이지요. 다 구워지면 마녀는 그레텔도 먹어 치우려고 했던 거예요.
 하지만 그레텔은 마녀의 속셈을 알아차리고는 이렇게 말했어요.
 "어떻게 해야 하는지 모르겠어요. 오븐 안으로 어떻게 들어가는 거죠?"
 마녀가 말했어요.

"멍청한 것. 입구가 충분히 넓잖아. 자, 봐. 나도 들어갈 수 있겠다."

마녀는 잽싸게 기어와서 머리를 오븐 속에 쑥 들이밀었어요. 바로 그때, 그레텔은 마녀를 팍 걷어찼어요. 그러자 마녀는 오븐 깊숙이 쑥 들어갔어요. 그레텔은 쇠문을 닫고 빗장을 질렀어요.

"으악!"

마녀는 꽥꽥 비명을 지르기 시작했어요. 아주 끔찍했지요. 하지만 그레텔은 얼른 도망을 쳤어요. 사악한 마녀는 홀라당 타 버렸어요. 아주 비참했지요.

하지만 그레텔은 곧바로 헨젤에게 달려갔어요. 그러고는 작은 우리를 열고 외쳤어요.

"오빠, 우리, 이제 살았어. 파파 마녀는 죽었어."

헨젤은 얼른 뛰어나왔어요. 새장 문이 열리면, 새가 냉큼 날아가는 것처럼 말이에요. 오누이는 얼마나 기뻤는지 몰라요. 오누이는 서로 얼싸안고 껑충껑충 뛰면서 빙글빙글 돌았어요. 그리고 서로 뽀뽀도 했지요! 아이들은 이제 두려운 게 없었어요. 그래서 함께 마녀의 집 안으로 들어갔어요. 집 안 구석구석에는 진주와 온갖 보석이 담긴 상자가 있었어요.

"조약돌보다 훨씬 좋다."

헨젤이 말했어요.

헨젤은 진주와 보석을 주머니에 잔뜩 집어넣었어요.

"우리 집에도 좀 가져가야지."

그레텔은 입고 있던 작은 앞치마에 진주와 보석을 그득 담았어요.

"이제 그만 이곳을 떠나자. 마녀의 숲을 빠져나가야지."

헨젤이 말했어요.

몇 시간쯤 가자 커다란 강이 나왔어요.

"우리는 강을 건널 수 없는데. 좁은 판자 다리도 없고, 그보다 큰 다리도 없네."

헨젤이 말했어요.

"작은 배도 없어. 하지만 저기 하얀 오리 한 마리가 헤엄치고 있어. 내가 부탁하면 우리를 강 저쪽으로 건네줄 거야."

그레텔이 말했어요.

그레텔이 외쳤어요.

"작은 오리야, 작은 오리야,
그레텔과 헨젤이 여기 서 있어.
좁은 판자 다리도, 그보다 큰 다리도 없단다.
우리 좀 네 하얀 등에 태워 주렴."

작은 오리는 아이들에게 가까이 다가왔어요. 헨젤은 오리 등에 앉은 다음, 동생에게 자기 옆에 앉으라고 했어요.

그레텔이 대답했어요.

"안 돼. 작은 오리한테는 너무 무거울 거야. 한 명씩 태워다 줘야 해."

마음씨 고운 그 작은 동물은 그렇게 했지요. 아이들은 무척 기뻐했어요.

조금 더 걸어가자, 어디서 본 듯한 숲이 나왔어요. 걸어갈수록 낯이 익었지요. 마침내 저 멀리 자기네 집이 보였어요. 아이들은 달리기 시작했어요. 아이들은 방 안으로 뛰어들어가 아빠의 목을 와락 끌어안았어요. 아빠는 아이들을 숲 속에 버리고 온 뒤로 한시도 마음이 편치 않았어요. 새엄마는 죽고 없었어요.

그레텔이 앞치마를 펼쳤어요. 그러자 진주와 보석이 방 안에 우르르 떨어졌어요. 헨젤도 주머니에서 한 주먹 가득 진주와 보석을 꺼내 계속 던졌어요. 이제 모든 근심은 사라지고, 세 식구는 아주아주 행복하게 살았어요.

내 동화는 여기서 끝이에요. 저기 생쥐 한 마리가 쪼르르 달려가네요. 이 생쥐를 잡는 사람은 그 생쥐로 아주아주 커다란 모피 두건을 만들어도 됩니다.

토끼와 고슴도치

어린이 여러분, 이 이야기는 꾸며 낸 이야기예요. 하지만 실제로 있었던 이야기이기도 하답니다. 왜냐하면 이 이야기는 우리 할아버지가 아주 흡족해하며 내게 들려주신 건데, 할아버지는 이야기를 들려주시면서 줄곧 이렇게 말씀하시곤 했기 때문이에요.

"애야, 이 이야기는 실화가 분명해. 안 그렇다면 사람들이 이 이야기를 할 수 없었을 거야."

어쨌거나 이야기는 다음과 같답니다.

어느 가을, 일요일 아침이었어요. 바야흐로 메밀꽃이 활짝 피었지요. 하늘에는 해가 찬란하게 떠올랐고, 따스한 아침 바람은 그루터기 위로 살랑살랑 불고 있었어요. 종달새들은 하늘 높이 떠서 지종지종 노래를 하고, 벌들은 메밀밭에서 윙윙거리고, 사람들은 멋진 일요일 나들이옷을 입고 교회로 갔어요. 이 세상의 모든 것들이 마냥 즐겁고 만족스러워했지요. 고슴도치 역시 그랬어요.

고슴도치는 자기 집 앞에 팔짱을 끼고 서서 아침 바람이 부는 모습을 바라보며 짧은 노래를 흥얼거렸어요. 잘 하는 것도 같고, 못 하는 것도 같았어요. 화창한 일요일 아침에 고슴도치들이 곧잘 부르는 것같이 불렀지요.

아주 나지막하게 노래하던 고슴도치는 아내가 아이들을 씻기고 옷을 입히는 동안, 잠시 밭으로 산책을 나가 자신의 스웨덴 순무(*양귀비목 배추과의 두해살이풀. 잎과 줄기는 양배추와 비슷하고, 뿌리는 큰 순무 모양으로 비대하지만 순무와는 다른 종임. 겨울철의 가축 사료로 쓰이며, 양질의 것은 쪄서 먹기도 함.)가 잘 자라고 있는지 살펴보면 되겠다는 생각이 퍼뜩 들었어요. 스웨덴 순무밭은 고슴도치네 집 바로 옆에 있었어요. 고슴도치 가족은 늘 그 밭의 스웨덴 순무를 먹곤 했지요. 그래서 고슴도치는 그 밭의 스웨덴 순무가 전부 자기 것인 줄 알고 있었어요.

고슴도치는 생각한 것을 얼른 실천에 옮겼어요.

고슴도치는 대문을 닫고 스웨덴 순무밭 쪽 길로 접어들었어요. 그 길은 고슴도치네 집에서 하나도 멀지 않았어요. 스웨덴 순무밭 앞에 있는 가시자두나무를 빙 돌아 순무밭으로 막 가려던 고슴도치는 토끼와 딱 마주치고 말았어요. 토끼도 고슴도치와 비슷한 일로 집을 나선 것이었지요. 자기 양배추를 살펴보려고요.

토끼를 본 고슴도치는 상냥하게 아침 인사를 건넸어요. 하지만 자신이 나름대로 고상한 신사라고 생각하고, 엄청나게 거만했던 토끼는 고슴도치에게 아무런 대꾸도 하지 않았어요.

토끼가 상당히 얕잡아 보는 표정으로 말했어요.

"어떻게 이렇게 아침 일찍 이 밭에서 돌아다니는 건가?"

"산책하는 거야."

고슴도치가 말했어요.

그러자 토끼가 깔깔 웃으며 말했어요.

"산책하는 거라고? 그 다리로는 산책보다 더 좋은 걸 하는 게 나을 텐데!"

토끼의 말에 고슴도치는 기분이 몹시 상했어요. 다른 것은 다 참을 수 있어도 자기 다리를 두고 이러쿵저러쿵하는 것은 참을 수 없었거든요. 바로 고슴도치는 태어날 때부터 다리가 휘어 있었기 때문이에요.

"네 다리로는 훨씬 더 많은 것을 할 수 있다고 생각하나 보지?"

고슴도치가 말했어요.

"응, 그래."

토끼가 말했어요.

"길고 짧은 건 대 봐야 알지. 경주를 하면 내가 이길 거야."

고슴도치가 말했어요.

"그 휜 다리로 경주를 한다니 정말 웃기는군. 하지만 뭐, 그렇게도 경주를 하고 싶다면 해야겠군. 내기에 뭘 걸 건데?"

토끼가 말했어요.

"금화 한 닢과 브랜디(*백포도주를 증류하여 만든 양주.) 한 병."

고슴도치가 말했어요.

"그래, 좋아. 지금 당장 해도 돼."

토끼가 말했어요.

"아냐, 그렇게 서둘지 않아도 돼. 나는 아직 아침도 안 먹었어. 일단 집에 가서 아침 식사를 조금 해야겠어. 30분 뒤에 다시 이리로 올게."

고슴도치가 말했어요.

고슴도치는 집으로 갔어요. 토끼도 그렇게 하자고 했기 때문이에요.

길을 걷던 고슴도치는 이렇게 생각했어요.

'토끼는 자기 긴 다리를 철석같이 믿는 거야. 하지만 나한테는 혼이 좀 날걸. 토끼는 고상한 신사이기는 하지만 바보야. 대가를 반드시 치르게 될 거야.'

이윽고 집에 도착한 고슴도치는 아내에게 말했어요.

"여보, 어서 옷을 입어요. 나와 함께 밭에 나가야 하니까."

"무슨 일인데요?"

고슴도치의 아내가 물었어요.

"토끼랑 금화 한 닢과 브랜디 한 병을 걸고 내기를 했어요. 토끼하고 달리기 시합을 할 거예요. 당신이 꼭 있어야 해요."

그러자 고슴도치의 아내는 고슴도치에게 소리를 지르기 시작했어요.

"세상에나! 당신, 너무 멍청하다. 도대체 정신이 있는 거예요? 어떻게 토끼랑 내기할 생각을 하는 거예요?"

"입 다물어요. 내 일이니까. 남자들 일은 신경 쓰지 마요. 어서 옷 입고 가기나 합시다."

고슴도치가 말했어요.

고슴도치의 아내가 남편에게 무슨 말을 할 수가 있었겠어요? 좋든 싫든 남편 말을 따를 수밖에 없었지요.

아내와 나란히 함께 걷던 고슴도치가 말했어요.

"자, 이제부터 내가 하는 말을 잘 들어요! 저기 보이는 기다란 밭에서 내가 토끼와 경주를 할 거예요. 토끼는 한쪽 고랑에서 뛰고, 나는 다른 쪽 고랑에서 뛰는 거예요. 저 위 고랑에서 출발할 거예요. 당신은 여기 이 아래쪽 고랑에 서 있기만 하면 돼요. 토끼가 이곳에 도착하면, 당신은 '난 벌써 왔어.' 하고 외쳐요."

잠시 뒤, 고슴도치 부부는 밭에 이르렀어요. 고슴도치는 아내에게 서 있어야 할 자리를 일러 주고는 밭으로 올라갔어요. 고슴도치가 고랑 위쪽으로 올라가니 토끼는 이미 와 있었어요.

"이제 시작해도 되겠지?"

토끼가 말했어요.

"그럼, 되고말고. 빨리 합시다!"

고슴도치가 말했어요.

고슴도치와 토끼는 각자 자기가 뛸 고랑에 섰어요. 토끼는 "하나, 둘, 셋." 숫자를 셌어요. 그러고는 폭풍처럼 밭 아래쪽으로 쌩 달려 내려갔어요. 하지만 고슴도치는 세 걸음쯤 뛰어가더니 고랑 속에 몸을 쏙 숨기고 고개를 숙인 채 가만히 앉아 있었어요.

토끼가 전속력으로 달려 아래쪽 밭고랑에 이르자, 고슴도치의 아내가 외쳤어요.

"난 벌써 왔는데!"

토끼는 깜짝 놀라 우뚝 멈춰 섰어요. 토끼는 큰 소리로 외친 게 바로 고슴도치인 줄 알았어요. 고슴도치의 아내는 남편과 생김새가 똑같았거든요.

하지만 토끼는 이렇게 생각했어요.

'뭔가 수상해.'

토끼가 외쳤어요.

"한 번 더 뛰자. 한 번 더!"

토끼는 또다시 폭풍처럼 쌩 출발했어요. 머리에 달린 두 귀가 바람에 펄럭펄럭했지요. 하지만 고슴도치의 아내는 자기 자리에 가만히 있었어요.

토끼가 위쪽에 도착하자, 고슴도치는 토끼에게 외쳤어요.

"난 벌써 왔는데!"

토끼는 너무너무 화가 나서 어쩔 줄 모르고 고함을 질렀어요.

"한 번 더 뛰자. 한 번 더!"

"난 아무래도 좋아. 그렇게 하고 싶다면 하지, 뭐."

고슴도치가 대답했어요.

그렇게 해서 토끼는 일흔세 번을 더 달렸어요. 고슴도치는 번번이 토끼의 말을 따랐어요.

토끼가 아래쪽이나 위쪽에 도착할 때마다 고슴도치나 고슴도치의 아내는 이렇게 말했어요.

"난 벌써 왔는데."

토끼는 일흔네 번째 경주를 다 끝내지 못했어요. 밭 한가운데에서 그만 땅바닥에 고꾸라졌지요. 피가 토끼의 목에서 흘러나왔어요. 토끼는 그 자리에서 죽고 말았어요. 하지만 내기에서 이긴 고슴도치는 금화 한 닢과 브랜디 병을 집어 들고는 고랑 속에 있는 아내를 불렀어요. 둘은 뿌듯한 마음으로 함께 집으로 돌아갔어요. 고슴도치 부부가 아직도 죽지 않았다면, 아마 지금도 살아 있을 거예요.

북스테후데(*독일 북부에 있는 도시.)의 거친 들판에서 토끼는 고슴도치와 경주를 하다 죽고 말았지요. 그 뒤로 북스테후데에 사는 고슴도치와 내기를 하겠다고 생각하는 토끼는 한 마리도 없었지요.

이 이야기가 주는 교훈은 첫째, 아무리 스스로 품위 있다고 생각하더라도 보잘것없는 사람을 놀려 댈 생각은 꿈에도 하면 안 된다는 것이에요. 설사 고슴도치라 해도 말이죠. 그리고 둘째, 결혼을 할 때는 자신과 신분이 같은 여자들 중에서도 자신과 똑같이 생긴 여자를 아내로 맞이하는 게 가장 좋아요. 고슴도치라면 아내도 역시 고슴도치이도록 주의해야 하지요.

억세게 운 좋은 한스

한스는 칠 년 동안 주인집에서 고용살이를 했어요.
"주인님, 제가 일하기로 한 기한이 다 끝났어요. 이제 저는 집에 계신 어머니에게 돌아가고 싶어요. 제 품삯을 주세요."
한스가 주인에게 말했어요.
그러자 주인이 대답했어요.
"너는 성실하고 정직하게 일을 해 줬지. 일한 만큼 품삯을 주마."
주인은 한스에게 한스의 머리만 한 금덩이 한 개를 주었어요.
한스는 호주머니에서 천 조각을 꺼내 금덩이를 돌돌 말아 잘 싼 다음, 어깨에 메고 집을 향해 길을 떠났어요. 한 걸음 한 걸음 부지런히 발길을 옮기고 있는데 말을 타고 가는 사람이 눈에 띄었어요. 그 남자는 명랑해 보이는 말 위에 앉아 아주 기분 좋은 표정으로 한스 옆을 빠르게 지나갔어요.

"아, 말 타는 거 정말 멋지네! 의자에 앉은 것처럼 떡하니 앉아 돌에 부딪히지도 않고, 신발이 닳지도 않고, 어떻게 가는 줄도 모르면서 척척 앞으로 나아가네."

한스가 아주 큰 소리로 말했어요.

말을 타고 가던 사람은 그 말을 듣고는 말을 멈추고 외쳤어요.

"어이, 한스, 왜 걸어가는 거지?"

"달리 방법이 없잖아요. 덩어리 한 개를 집에 들고 가야 하거든요. 금 덩어리이기는 한데, 고개를 똑바로 들 수가 없네요. 어깨도 꾹꾹 짓눌리고요."

한스가 대답했어요.

"아, 그래? 그럼 우리 바꾸지. 자네에게 내 말을 줄 테니 자네는 내게 그 덩어리를 주게."

말 타고 가던 남자가 말했어요.

"아, 좋지요. 하지만 그걸 질질 끌고 가셔야 할 거예요."

한스가 말했어요.

말을 타고 있던 남자는 말에서 내려 금덩이를 받은 다음, 한스가 말에 오르는 것을 도와주었어요.

그 남자는 한스의 두 손에 고삐를 단단히 쥐여 주며 이렇게 말했어요.

"아주 빨리 달리려면 혀를 끌끌 차면서 '이랴, 이랴!' 하고 외치기만 하면 돼."

한스는 말 위에 앉아 거침없이 앞으로 쑥쑥 달렸어요. 얼마나 행복했는지 몰라요. 잠시 뒤, 한스는 좀 더 빨리 달려야겠다는 생각이 퍼뜩 들었어요. 그래서 혀를 끌끌 차며 계속 "이랴, 이랴!" 외쳤어요. 말은 빨리 달리기 시작했어요. 한스는 눈 깜짝할 사이에 내동댕이쳐져 밭과 시골길 사이의 도랑에 벌러덩 눕고 말았어요.

암소 한 마리를 앞세우고 그 길로 오던 농부가 말을 붙잡지 않았더라면, 말은 곧바로 달아나 버렸을 거예요. 한스는 팔다리가 다쳤는지 살펴본 다음, 다시 떠나려고 했어요.

기분이 상한 한스는 농부에게 이렇게 말했어요.

"말을 타는 건 하나도 즐겁지 않네요. 특히 이렇게 늙고 야윈 말은 더 그렇죠. 이 녀석이 나를 걷어차고, 땅바닥으로 내동댕이쳐서 목이 부러질 뻔했어요. 앞으로는 절대로 말은 안 탈 거예요. 나는 이 암소가 참 좋아요. 사람은 그저 암소 뒤에서 어슬렁어슬렁 따라가도 되겠어요. 게다가 사람이 먹을 우유며 버터, 치즈도 매일같이 꼬박꼬박 얻을 수 있고요. 이런 암소 한 마리만 가질 수 있다면, 뭐든 다 줄 수 있어요!"

"암소가 그렇게 마음에 든다면, 말과 바꿔 줄게요."

농부가 말했어요.

한스는 뛸 듯이 기뻐하며 그러자고 했어요. 농부는 말 위에 훌쩍 뛰어올라 서둘러 그곳을 떠났어요.

한스는 암소를 느긋하게 앞세우고 걸어갔어요. 한스는 자신이 운 좋게 거래를 참 잘했다고 생각했어요.

'빵 한 조각만 있으면-빵이 떨어질 일은 없지.- 내가 먹고 싶을 때마다 버터랑 치즈를 곁들여 먹을 수 있어. 목이 마르면 내

암소 젖을 짜서 우유를 마셔야지. 세상에 부러울 게 없네!'

여관에 도착한 한스는 그곳에 들어가서 무척 기쁜 마음으로 갖고 있던 점심과 저녁을 싹싹 먹어 치웠어요. 그리고 마지막 남은 은화(*18세기 이후 독일에서 사용된 헬러 동전을 뜻함.) 몇 닢을 탈탈 털어 맥주도 반 잔 주문했어요.

그리고 나서 한스는 암소를 몰고 어머니가 살고 계신 시골 마을로 향했어요. 한낮이 다가올수록 날씨는 점점 찌는 듯이 무더워졌어요. 한스는 어느 거친 들판에 이르렀어요. 들판을 지나려면 한 시간쯤 더 걸어가야 할 듯했어요. 한스는 너무너무 더웠어요. 어찌나 갈증이 났던지 혀가 입천장에 찰싹 들러붙었지요.

'아, 참, 그렇게 하면 되겠다. 내 암소 젖을 짜서 마시고 기운을 차려야지.'

한스는 생각했어요.

한스는 바싹 마른 나무에 암소를 묶었어요. 양동이가 없었기 때문에 자신의 테 없는 가죽 모자를 바닥에 놓았어요. 하지만 아무리 애를 써도 소젖은 한 방울도 나오지 않았어요. 젖 짜는 게 서툴자, 참다못한 암소는 한쪽 뒷발로 한스의 머리를 냅다 걷어찼어요. 한스는 비틀거리며 땅바닥에 쓰러져 한동안 자신이 어디에 있는지도 알지 못했어요. 때마침 푸줏간 주인이 그곳을 지나가고 있었어요. 푸줏간 주인은 외바퀴 수레 위에 어린 돼지 한 마리를 싣고 가고 있었어요.

"아니, 이게 웬일이야?"

푸줏간 주인이 외쳤어요.

푸줏간 주인은 한스를 부축해 일으켜 주었어요. 한스는 무슨 일이 일어났는지 이야기해 주었어요.

 푸줏간 주인은 한스에게 자신의 병을 건네며 말했어요.

 "한 모금 마시고 기운을 차려요. 이 암소는 우유가 나오지 않을 거예요. 늙은 소거든요. 이 암소는 기껏해야 수레를 끌게 하든가 도살해야겠군요."

"아이, 참."

한스가 말했어요.

한스는 머리를 쓸어내렸어요.

"그 생각을 못 했네요! 이런 짐승은 집에서 잡으면 참 좋겠네요. 그럼 고기도 나오겠어요! 난 소고기가 별로예요. 좀 팍팍하거든요. 와, 저런 새끼 돼지 한 마리만 있으면 얼마나 좋을까! 고기 맛도 소고기하고 다르고, 소시지를 만들 수도 있잖아요."

"이봐요, 한스. 당신을 생각해서 바꿔 줄게요. 소를 주면, 돼지를 줄게요."

푸줏간 주인이 말했어요.

"참 친절하시네요. 복 받으시겠어요."

한스가 말했어요.

한스는 푸줏간 주인에게 암소를 넘겨주었어요. 그리고 푸줏간 주인은 새끼 돼지를 손수레에서 끌어내 돼지를 묶은 밧줄을 한스의 손에 쥐여 주었어요.

한스는 발걸음을 옮기며 모든 것이 자신이 바라는 대로 척척 되어 간다고 생각했어요. 불쾌한 일이 생겨도 매번 술술 풀린다고요.

얼마 뒤, 한 젊은이가 한스와 함께 걸어가게 되었어요. 젊은이는 예쁘게 생긴 하얀 거위 한 마리를 옆구리에 끼고 있었어요. 두 사람은 서로 인사를 나누었어요. 한스는 자신의 행운을 이야기하기 시작했어요. 그리고 무언가를 바꿀 때마다 번번이 득을 보았다는 말도 했지요.

젊은이는 어떤 아기가 세례를 받는데, 그 축하 잔치에 거위를 갖고 가는 길이라고 했어요.

"한번 들어 보세요."

젊은이가 말했어요.

젊은이는 거위의 날개를 움켜쥐고는 말을 이었어요.

"얼마나 무거운지 몰라요. 두 달 동안 아주 많이 먹였어요. 이 거위를 구워서 베어 먹을 때는 틀림없이 양쪽 입가의 기름을 닦아야 할 거예요."

"그래요. 들어 보죠."

한스가 말했어요.

한스는 한 손으로 거위의 무게를 가늠해 보았어요.

"묵직하네요. 하지만 내 돼지도 암퇘지는 아니에요."

그러자 젊은이는 아주 의심쩍은 눈빛으로 사방을 휘 둘러본 다음, 고개를 절레절레 저었어요.

"이봐, 당신 돼지는 문제가 좀 있어요. 내가 어떤 마을을 지나왔는데, 그 마을 이장이 가축우리에 있던 돼지 한 마리를 방금 도둑맞았어요. 당신이 갖고 있는 돼지가 혹시 그 돼지가 아닌지 걱정되네요. 정말 걱정이 돼요. 그 마을 사람들이 사람을 여럿 풀었어요. 그 사람들이 돼지를 데리고 있는 당신을 붙잡는다면, 그 거래는 아주 잘못한 거죠. 아무리 못해도 어두컴컴한 감옥에 갇히고 말 거예요."

젊은이가 말했어요.

마음씨 착한 한스는 덜컥 겁이 났어요.

"아, 큰일 났네. 날 좀 도와줘요. 이곳 사정은 당신이 나보다 더 잘 알 테니 당신이 저기 있는 내 돼지를 갖고, 내게는 당신 거위를 주세요."

한스가 말했어요.

"나도 자칫 위험에 빠질 수가 있어요. 하지만 당신을 불행에 빠뜨릴 수는 없지요."

젊은이가 대답했어요.

젊은이는 밧줄을 손에 쥐고 얼른 샛길로 돼지를 몰고 갔어요.

마음씨 착한 한스는 걱정거리가 없어졌어요. 한스는 거위를 겨드랑이에 끼고 고향을 향해 계속 걸어갔어요.

한스가 중얼거렸어요.

"곰곰 생각해 보니 바꾸길 잘한 것 같아. 우선 맛있는 거위 구이를 먹을 수 있을 테고, 거위 구이에서 기름도 뚝뚝 많이 떨어질 거야. 석 달 동안 거위 기름을 빵에 발라 먹을 수 있을 거야. 또 멋진 하얀 깃털도 생겼잖아. 내 베게 속에 거위 깃털을 넣어 달라고 해야지. 그러면 나를 흔들어 재워 주지 않아도 소르르 잠이 들 거야. 우리 어머니가 참 기뻐하시겠다!"

한스가 마지막 마을을 지나가는데, 가위 가는 사람이 외바퀴 수레 옆에 서 있었어요. 수레바퀴는 윙윙 소리를 내고 있었고, 가위 가는 사람은 거기에 맞춰 노래를 불렀어요.

**"나는 가위를 갈지.
언제나 남들이 하는 대로 따르지."**

한스는 멈추어 서서 가위 가는 사람을 지켜보았어요.
마침내 한스는 가위 가는 사람에게 말을 걸었어요.
"가위 가는 일이 그렇게 즐거우니 사는 게 참 즐겁겠어요."
"맞아요. 이 일을 하면 돈방석에 앉게 됩니다. 진짜 가위 가는 사람은 주머니에 손을 넣을 때마다 돈이 잡히지요. 그런데 그 멋진 거위는 어디서 샀어요?"
가위 가는 사람이 대답했어요.
"산 거 아니에요. 돼지하고 바꾼 거예요."
한스가 말했어요.
"돼지는 어디서 난 건데요?"
"암소를 주고 얻었어요."
"암소는 어디서 난 건데요?"
"말을 주고 얻었어요."
"말은 어디서 난 건데요?"
"내 머리만 한 금덩이를 주고 얻었어요."
"금은 어디서 난 건데요?"
"아이, 참. 칠 년 동안 일한 품삯이죠."
"알아서 척척 잘해 냈군요. 일어날 때 주머니에서 돈이 짤랑거리는 소리만 나면, 정말 운 좋은 사람이 되겠어요."
가위 가는 사람이 말했어요.
"어떻게 하면 그렇게 돼요?"
한스가 말했어요.

"나처럼 가위 가는 사람이 되는 거지요. 숫돌 한 개만 있으면 돼요. 그 밖의 것들은 저절로 해결됩니다. 나한테 숫돌이 한 개 있어요. 조금 흠이 있지만 거위만 준다면 드릴게요. 그렇게 할래요?"

가위 가는 사람이 말했어요.

"그걸 말이라고 하세요? 내가 이 세상에서 최고로 행복한 사람이 될 건데요, 뭐. 주머니 속에 손을 집어넣을 때마다 돈이 만져진다는데 내가 걱정할 일이 뭐가 있겠어요."

한스가 대답했어요.

한스는 가위 가는 젊은이에게 거위를 건네고, 숫돌을 받았어요.

가위 가는 사람은 바로 옆에 있는 무거운 돌 한 개를 집어 들었어요. 들판에 있는 보통 돌이었지요.

가위 가는 사람이 말했어요.

"자, 이 실한 돌도 덤으로 드릴게요. 그걸 놓고 두드리면 좋을 거예요. 오래된 못도 똑바로 펼 수 있을 거고요. 받으세요. 소중히 간직하세요."

한스는 돌을 짊어지고 뿌듯한 마음으로 계속 걸어갔어요. 한스의 두 눈은 기쁨에 겨워 반짝반짝 빛났어요.

"나는 억세게 운 좋은 사람으로 태어난 게 분명해. 내가 바라는 건 모두 다 이루어지잖아. 행운아처럼 말이야."

한스가 외쳤어요.

한스는 동이 틀 때부터 줄곧 길을 걸었기 때문에 슬슬 피곤이 몰려왔어요. 배도 무척 고팠고요. 거래를 해서 암소를 얻은 뒤, 너무나도 기쁜 나머지 싸 온 음식을 몽땅 먹어 치웠기 때문이에요.

한스는 겨우겨우 발걸음을 옮겼어요. 하지만 한 발짝 한 발짝 걸음을 옮길 때마다 멈춰 서야 했지요. 게다가 돌 두 개는 끔찍할 정도로 한스를 짓눌렀어요.

그러자 한스는 이런 생각을 하게 되었어요.

'이 돌 두 개를 짊어지고 가지 않아도 된다면, 얼마나 좋을까.'

한스는 달팽이처럼 어슬렁어슬렁 들판에 있는 샘물가로 걸어갔어요. 그곳에서 쉬면서 시원한 물도 마시고 기운도 차리려고 했지요. 한스는 샘물가에 앉을 때 행여 돌 두 개에 금이라도 갈까, 걱정이 되어 돌 두 개를 자기 바로 옆에 내려놓았어요. 그리고 나서 샘물가에 앉아 물을 마시려고 몸을 굽혔어요. 그런데 그만 실수로 돌 두 개를 살짝 밀었어요. 돌 두 개는 모두 샘물 속에 풍덩 빠지고 말았어요. 돌 두 개가 샘물 깊은 곳에 가라앉는 것을 본 한스는 너무 기뻐서 팔짝팔짝 뛰었어요. 한스는 무릎을 꿇고 눈물을 글썽이며 하느님께 감사 기도를 올렸어요. 하느님이 이번에도 은총을 베풀어 주셨고, 또 스스로 나무라지 않아도 되는 이런 멋진 방식으로 자신을 거추장스럽기 짝이 없던 무거운 돌 두 개로부터 해방시켜 주었다고요.

"이 세상에서 나처럼 억세게 운 좋은 사람은 없어."

한스는 큰 소리로 외쳤어요.

짐을 벗어 버린 한스는 날아갈 듯 마음이 가벼워졌어요. 한스는 어머니가 있는 집까지 펄쩍펄쩍 뛰어갔어요.

룸펠슈틸츠헨

 옛날 옛적에 방앗간 주인이 살고 있었어요. 방앗간 주인은 가난했지만 아름다운 딸이 하나 있었어요. 어느 날 방앗간 주인은 임금님과 이야기를 나누게 되었어요.

 방앗간 주인은 잘난 척을 하려고 임금님에게 이렇게 말했어요.

 "제게는 지푸라기로 황금 실을 자아내는 딸이 있습니다."

 "아주 마음에 드는 기술이구나. 네 말대로 네 딸이 그렇게 재주가 좋으면, 내일 궁전으로 데리고 오너라. 내가 그 재주를 시험해 보고 싶구나."

 임금님은 방앗간 주인에게 말했어요.

 방앗간 주인이 딸을 데리고 오자, 임금님은 그 아가씨를 어떤 방으로 데려갔어요. 그곳에는 짚이 그득 쌓여 있었어요.

 임금님은 아가씨에게 물레(*솜이나 털 등을 자아서 실을 만드는 간단한 재래식 기구.)와 북(*날실의 틈으로 왔다 갔다 하면서 씨실을 푸는 기구. 베를 짜는 데 중요한 역할을 하며, 배 모양으로 생겼다.)을 주며 말했어요.

"이제 일을 시작하거라. 만일 네가 오늘 밤부터 내일 이른 아침까지 여기 있는 짚으로 황금 실을 자아내지 못하면 너는 죽음을 면치 못하리라."

말을 마친 임금님은 방문을 손수 굳게 잠갔어요. 아가씨는 달랑 혼자 그곳에 남게 되었어요. 방앗간 주인의 불쌍한 딸은 오도카니 앉아 있었어요. 도대체 어찌 해야 할지 몰라 눈앞이 깜깜했지요. 아가씨는 어떻게 하면 지푸라기로 금실을 자을 수 있는지 알 도리가 없었어요. 아가씨는 점점 더 겁이 났어요. 마침내 아가씨는 와락 울음을 터뜨렸어요. 그때 갑자기 문이 홱 열리더니 한 작은 난쟁이가 들어왔어요.

"방앗간 아가씨, 안녕하세요? 왜 그렇게 슬피 울어요?"

난쟁이가 말했어요.

"아, 짚으로 금실을 짜야 하는데 그 방법을 몰라."

아가씨가 대답했어요.

"내가 너 대신 금실을 짜 주면, 넌 나한테 뭘 줄 거니?"

난쟁이가 말했어요.

"제 목걸이를 드릴게요."

아가씨가 말했어요.

난쟁이는 목걸이를 받아들더니 작은 물레 앞에 앉아서 물레를 윙, 윙, 윙 세 번 돌렸어요. 그러자 실패에 금실이 두툼하게 감겼어요. 난쟁이는 다른 실패를 끼우고는 물레를 또 윙, 윙, 윙 세 번 돌렸어요. 그러자 두 번째 실패에도 금실이 수북이 감겼어요. 난쟁이는 아침까지 그렇게 계속 일을 했어요. 아침이 되자, 지푸라기는 하나도 남김없이 금실로 변했어요. 실패마다 금실이 그득 감겨 있었지요.

날이 밝자, 임금님이 왔어요. 임금님은 깜짝 놀라며 무척 기뻐했어요. 하지만 임금님은 황금을 더 많이 갖고 싶은 욕심이 났어요.

임금님은 방앗간 아가씨를 또 다른 방으로 데려갔어요. 그곳에는 짚이 산더미처럼 쌓여 있었어요. 그 방은 첫 번째 방보다 훨씬 컸어요.

임금님은 아가씨에게 살고 싶으면, 하룻밤 사이에 지푸라기를 모두 금실로 자아 놓으라고 명령을 내렸어요.

아가씨는 눈앞이 캄캄해서 엉엉 울었어요.

그때 또다시 문이 열리더니 그 조그만 난쟁이가 나타났어요.

"내가 너 대신 짚을 금실로 자으면, 너는 나한테 뭘 줄 거니?"

난쟁이가 말했어요.

"제가 손가락에 끼고 있는 반지를 드릴게요."

아가씨가 대답했어요.

난쟁이는 반지를 받더니 또다시 물레를 윙, 윙, 윙 돌리기 시작했어요. 난쟁이는 아침까지 짚을 모두 번쩍번쩍 빛나는 금실로 자아 놓았어요.

임금님은 금실이 그득 쌓여 있는 것을 보고 기뻐했어요. 하지만 임금님은 이번에도 황금을 더 많이 갖고 싶었어요. 그래서 방앗간 아가씨를 둘째 번 방보다 훨씬 더 큰 방으로 데려가게 했어요. 그곳엔 짚이 그득 있었어요.

"너는 오늘 밤에 실을 모두 자아야 하느니라. 네가 그 일을 무사히 해내면, 너는 내 아내가 될 것이니라."

임금님이 말했어요.

'비록 방앗간 집 딸이긴 하지만 이 세상에서 저 여자보다 더 부자인 여자는 없을 거야.'

임금님은 생각했어요.

아가씨가 홀로 남겨지자 난쟁이가 세 번째로 찾아왔어요.

"내가 이번에도 짚을 금실로 만들어 주면, 너는 나한테 뭘 줄 거니?"

난쟁이가 말했어요.

"이젠 드릴 게 없어요."

아가씨가 대답했어요.

"그럼 약속해. 네가 왕비가 되면, 첫아이를 나한테 준다고."

난쟁이가 말했어요.

'나중 일을 어떻게 안담?'

방앗간 아가씨는 생각했어요.

아가씨는 사정이 워낙 급했기 때문에 다른 좋은 방법이 딱히 떠오르지 않았어요. 그래서 난쟁이에게 그렇게 하겠다고 약속했어요. 그러자 난쟁이는 이번에도 짚을 금으로 만들어 주었어요.

이튿날 아침, 임금님이 왔어요. 임금님은 자기가 바라는 대로 다 되어 있는 것을 보고는 아가씨와 결혼식을 올렸어요. 아름다운 방앗간 아가씨는 왕비님이 되었지요.

일 년이 지나자, 왕비님은 예쁜 아기를 낳았어요. 왕비님은 난쟁이 생각은 눈곱만큼도 하지 않았어요.

그러던 어느 날, 왕비님의 방에 난쟁이가 불쑥 들어와 말했어요.

"자, 약속한 걸 줘."

왕비님은 소스라치게 놀랐어요. 왕비님은 난쟁이에게 아기만 데려가지 않는다면, 왕국의 금은보화를 몽땅 주겠다고 했어요.

하지만 난쟁이는 이렇게 말했어요.

"싫어. 나는 이 세상의 모든 보물보다 살아 있는 게 더 좋아."

왕비님은 슬피 울기 시작했어요. 왕비님이 너무 슬피 울자, 난쟁이는 왕비님이 불쌍해졌어요.

"사흘의 말미를 주지. 그때까지 내 이름을 알아내면, 아기를 빼앗아 가지 않을게."

난쟁이가 말했어요.

왕비님은 밤새도록 지금껏 들어 보았던 이름들을 모두 머릿속에 떠올려 보았어요. 그리고 심부름꾼을 보내 전국 방방곡곡을 다니며 또 다른 이름들이 있는지 알아 오라고 일렀어요.

이튿날 난쟁이가 왔어요. 왕비님은 '카스파', '멜히오어', '발처'와 같은 이름부터 시작해서 자신이 알고 있는 이름들을 하나씩 차례대로 말했어요.

하지만 이름을 댈 때마다 난쟁이는 이렇게 말했어요.

"그건 내 이름이 아냐."

둘째 날, 왕비님은 심부름꾼에게 궁전 가까이 사는 사람들의 이름을 하나도 남김없이 물어보라고 일렀어요. 왕비님은 난쟁이에게 아주 드물고 특이한 이름들을 주르르 댔어요.

"혹시 이름이 '갈빗대소'(*'소 갈빗대'를 거꾸로 말한 것임.) 아니냐? 아니면 '거세된숫양장딴지'? 그것도 아니면 '윙윙실꿰는다리'?"

하지만 난쟁이의 대답은 매번 똑같았어요.

"그건 내 이름이 아냐."

사흘 째 되는 날, 심부름꾼이 돌아와 말했어요.

"새 이름은 하나도 알아내지 못했습니다. 하지만 숲 모퉁이를 빙 둘러 어떤 높은 산으로 올라가는데, 여우와 산토끼가 서로 잘 자라고 인사를 하고 있었습니다. 그런데 작은 집 한 채가 보이지 뭐예요. 그 집 앞에는 불꽃이 활활 타오르고 있었지요. 아주 우스꽝스럽게 생긴 난쟁이 하나가 모닥불 주위를 한쪽 다리로 껑충껑충 뛰면서 이렇게 외쳤어요.

"오늘은 빵 굽고, 내일은 맥주를 만들어야지.
모레는 왕비의 애를 데려오고.

**아, 내 이름이 '룸펠슈틸츠헨'이라는 걸
아무도 모르니 천만다행이지!"**

왕비님이 그 이름을 듣고 얼마나 기뻐했는지 여러분도 상상할 수 있을 거예요.
잠시 뒤, 난쟁이가 들어와 물었어요.
"자, 왕비님, 내 이름이 뭐지?"
왕비님은 일단 이렇게 물었어요.
"네 이름은 '쿤츠'니?"
"아냐."
"그럼 '하인츠'니?"
"그것도 아냐."

"그럼 혹시 '룸펠슈틸츠헨'이니?"

"악마가 말해 줬구나. 악마가 말해 줬어!"
난쟁이는 고래고래 소리를 질렀어요. 난쟁이는 너무너무 화가 나서 땅바닥을 콩콩대며 있는 힘껏 발을 굴렀어요. 그러자 난쟁이는 허리춤까지 땅속으로 쑥 빠져 버렸어요. 난쟁이는 불같이 화를 내며 두 손으로 왼발을 꽉 움켜잡았어요. 그 바람에 난쟁이의 몸뚱이는 가운데가 쭉 찢어졌어요.

황금 머리카락 세 가닥을 가진 악마

옛날 옛적에 가난한 여자가 살고 있었어요. 그 여자는 아들을 낳았어요. 그런데 그 아이는 세상에 태어날 때 양막(*포유류의 태아를 둘러싼 반투명의 얇은 막. 아이가 태어날 때 간혹 머리에 쓰고 나오기도 하는데, 길조로 여겼음.)을 머리에 쓰고 나와, 열네 살이 되면 공주를 아내로 맞이할 것이라는 예언을 들었어요.

그 일이 생긴 직후 임금님이 그 마을에 오게 되었어요. 하지만 아무도 임금님인 줄 몰랐지요. 임금님이 마을 사람들에게 최근에 어떤 일이 일어났느냐고 묻자, 사람들은 이렇게 대답했어요.

"며칠 전에 '행운의 두건'을 쓴 아기가 하나 태어났어요. 그런 사람은 무슨 일을 해도 행운이 따르지요. 그 아이는 열네 살이 되면, 공주를 아내로 맞이하게 될 것이라는 예언도 들었지요."

마음씨가 고약한 데다 그 소식을 듣고 화가 난 임금님은 아기의 부모를 찾아가 아주 다정한 체하며 이렇게 말했어요.

"당신들은 가난하니 아이를 내게 맡기세요. 내가 잘 돌볼게요."

아기의 부모는 처음에는 거절했어요. 하지만 그 낯선 남자가 돈을 두둑이 내놓자, 이렇게 생각했어요.

'이 아이는 행운아구나. 최고의 행운을 얻게 될 게 틀림없어.'

아기의 부모는 마침내 허락하고 낯선 남자에게 아기를 넘겨주었어요.

임금님은 아기를 상자에 눕힌 다음, 말에 싣고 달렸어요. 마침내 임금님은 어느 깊은 강가에 이르렀어요. 임금님은 강물에 상자를 집어던졌어요. 그러고는 이렇게 생각했어요.

'똥딴지 같은 녀석이 나타나 내 딸한테 청혼을 한다고? 이제 그런 일은 없겠지.'

상자는 가라앉지 않고 작은 배처럼 동동 떠내려갔어요. 상자 안에는 물이 한 방울도 스며들지 않았어요. 상자는 그렇게 임금님이 다스리는 나라의 수도에서 2마일 정도 떨어진 곳까지 두둥실 떠내려갔어요. 그곳에는 물방앗간이 하나 있었는데, 상자가 그만 물방앗간 둑에 걸리고 말았어요. 다행히도 마침 물방앗간 소년이 그곳에 서 있다가 상자를 발견하고는 곡괭이로 상자를 끄집어냈어요.

소년은 상자 안에 큼지막한 보물이 여러 개 들어 있을 줄 알았어요. 하지만 상자 안에는 잘생긴 남자 아기가 누워 있었지요. 아기는 아주 말끔하고 생기가 넘쳤어요. 소년은 아기를 물방앗간 주인 부부에게 데려다 주었어요.

물방앗간 주인 부부는 아이가 없었기 때문에 기뻐하며 말했어요.

"하느님이 아기를 우리에게 선물하셨구나."

물방앗간 주인 부부는 강물에 떠내려온 아기를 정성껏 보살폈어요. 아기는 모든 미덕을 갖춘 가정에서 무럭무럭 자라났어요.

천둥 번개가 치고 폭우가 쏟아지던 어느 날, 임금님은 물방앗간에 들어가 주인 부부에게 키 큰 소년이 아들이냐고 물었어요.

"아닙니다. 저 애는 주운 아이예요. 14년 전에 상자 속에 담긴 채로 둑까지 둥실둥실 떠내려왔지요. 일하는 사내애가 아기를 강물에서 건져 왔답니다."

물방앗간 주인 부부가 대답했어요.

임금님은 그 아이가 자신이 강물에 집어던진 바로 그 행운아라는 것을 알아챘어요.

"마음씨 고운 양반들, 저 소년에게 편지 한 통을 왕비에게 갖다주라고 할 수 없겠는가? 그럼 내가 소년에게 수고비로 금화 두 닢을 주겠소."

임금님이 말했어요.

"분부대로 하겠습니다."

물방앗간 주인 부부가 대답했어요. 그러고는 소년에게 떠날 채비를 하라고 일렀어요.

임금님은 왕비님에게 편지를 썼어요.

"소년이 이 편지를 갖고 도착하면, 곧바로 죽이라고 하세요. 그리고 땅에 묻으라고 하세요. 내가 돌아가기 전에 일을 모두 마쳐야 합니다."

 소년은 편지를 가지고 길을 떠났어요. 그런데 그만 길을 잘못 들어서는 바람에 저녁 무렵, 어느 커다란 숲에 이르렀어요. 어둠 속에서 조그만 불빛이 보였어요. 소년은 불빛을 향해 걸어갔어요. 마침내 작은 집 한 채가 나타났어요. 소년은 집 안으로 들어갔어요. 할머니 한 명이 불가에 홀로 앉아 있었어요. 할머니는 소년을 보고 소스라치게 놀랐어요.

 "너는 어디에서 왔니? 그리고 어디로 가는 길이니?"

 할머니가 말했어요.

 "물방앗간에서 왔어요. 왕비님을 찾아뵙고 편지를 전해 드려야 해요. 그런데 그만 길을 잃어버렸어요. 이곳에서 하룻밤 묵었으면 참 좋겠어요."

 소년이 대답했어요.

 "불쌍하기도 해라. 너는 도둑들의 집에 잘못 들어온 거야. 도둑들이 돌아오면, 너를 죽일 거야."

 할머니가 말했어요.

 "그러라고 하죠, 뭐. 저는 하나도 겁 안 나요. 또 너무 피곤해서 더는 걸어갈 수도 없고요."

 소년이 말했어요.

 소년은 긴 의자 위에 몸을 길게 눕히고 곧바로 잠이 들었어요.

황금 머리카락 세 가닥을 가진 악마

소년이 잠들기가 무섭게 도둑들이 돌아와 화를 버럭 내며 긴 의자에 누워 있는 낯선 소년은 누구냐고 물었어요.

"아, 저 애는 천진난만한 아이야. 숲 속에서 길을 잃었다기에 불쌍해서 하룻밤 묵고 가라고 했어. 왕비님께 편지를 갖다드려야 한다는구나."

할머니가 말했어요.

도둑들은 편지를 뜯어서 읽었어요. 그 편지에는 소년이 도착하는 즉시 죽여 버리라고 쓰여 있었어요. 모질기 짝이 없는 도둑들이지만 소년이 불쌍했어요. 그래서 도둑들의 두목은 편지를 발기발기 찢은 다음, 새로 썼어요. 새 편지에는 소년이 도착하면 곧바로 공주와 결혼을 시키라고 적혀 있었어요.

도둑들은 이튿날 아침까지 소년이 자도록 내버려 두었어요. 소년이 잠에서 깨어나자, 도둑들은 소년에게 편지를 주며 바른 길을 알려 주었어요.

왕비님은 편지를 받아 읽고는 편지에 적힌 대로 했어요. 성대한 결혼식을 준비하라고 일렀지요. 공주는 행운아와 결혼을 했어요. 청년이 아름답고 친절했기 때문에 공주는 행운아와 함께 아주 행복하게 살았어요.

얼마 뒤, 다시 궁전에 돌아온 임금님은 예언이 이루어져 그 행운아가 자기 딸과 결혼했다는 것을 알게 되었어요.

"도대체 이게 어떻게 된 일이요? 내가 편지에 전혀 다른 명령을 내렸거늘."

임금님이 말했어요.

그러자 왕비님은 임금님에게 편지를 건네주며 편지에 쓰인 것을 직접 읽어 보라고 했어요. 편지를 읽은 임금님은 자신이 쓴 편지가 다른 편지와 바뀐 것을 알아차렸어요. 임금님은 그 소년에게 믿고 맡긴 편지는 어쩌고 다른 편지를 왕비님께 전했냐고 물었어요.

"저는 아무것도 모릅니다. 숲 속에서 잠을 자던 날 밤에 편지가 바뀐 것 같습니다."

소년이 대답했어요.

"네게 내 딸을 그렇게 쉽게 줄 수는 없지! 내 딸과 결혼하려면 지옥에 있는 악마의 머리에서 황금 머리카락 세 올을 가져와야 한다. 만일 내가 요구하는 것을 가져오면, 내 딸과 계속 살아도 좋다."

임금님은 불같이 화를 내며 말했어요.

이렇게 하면 소년이 영원히 떨어져 나가지 않을까 하고 마음속으로 바랐던 거예요.

하지만 행운아는 이렇게 대답했어요.

"무슨 일이 있어도 황금 머리카락 세 올을 가져오겠습니다. 저는 악마가 무섭지 않습니다."

행운아는 이렇게 대답하고는 작별 인사를 하고 길을 떠났어요.

한참 걷다 보니 어느 커다란 도시가 나왔어요. 성문을 지키는 파수꾼은 행운아에게 직업이 무엇이며, 어떤 것을 알고 있느냐고 꼬치꼬치 캐물었어요.

"저는 모르는 게 없습니다."

행운아가 대답했어요.

"그렇다면 우리를 도와줄 수 있겠구나. 광장에 있는 분수에서 포도주가 샘솟듯 콸콸 솟아 나오다가 왜 바짝 말라 버렸는지, 또 이제는 왜 물 한 방울 나오지 않는지, 그 이유를 우리에게 말해 주렴."

파수꾼이 말했어요.

"알려 드릴게요. 제가 다시 돌아올 때까지만 기다려 주세요."

행운아가 대답했어요.

행운아는 계속 걸어갔어요. 그리고 또 다른 도시에 이르렀어요. 성문을 지키는 파수꾼이 행운아에게 물었어요. 하는 일이 무엇이며, 어떤 것을 알고 있느냐고요.

"저는 모르는 게 없습니다."

행운아가 대답했어요.

"그럼 우리를 도와줄 수 있겠구나. 우리 도시에 나무 한 그루가 있어. 황금 사과가 주렁주렁 열리던 그 나무에 왜 이파리 하나 나지 않는지 말 좀 해 줘."

파수꾼이 말했어요.

"알려 드릴게요. 제가 다시 돌아올 때까지만 기다려 주세요."

행운아가 대답했어요.

행운아는 계속 걸어갔어요. 그리고 어느 큰 강에 도착했어요. 행운아는 그 강을 건너야 했어요. 나룻배의 사공은 행운아에게 하는 일이 무엇이며, 어떤 것을 알고 있느냐고 물었어요.

"저는 모르는 게 없습니다."

행운아가 대답했어요.

"그럼 날 도와줄 수 있겠군. 왜 내가 끊임없이 강을 오락가락 해야 하고, 또 왜 거기에서 영원히 헤어나지 못하는지, 그 이유를 말해 다오."

뱃사공이 말했어요.

"알려 드릴게요. 제가 다시 돌아올 때까지만 기다려 주세요."

행운아가 대답했어요.

강을 건넌 행운아는 지옥으로 가는 입구를 발견했어요. 그 안은 시꺼멓고, 그을음이 잔뜩 끼어 있었어요. 악마는 집에 없었어요. 하지만 악마의 할머니가 널찍한 안락의자에 앉아 있었어요.

"여기에 왜 온 거니?"

악마의 할머니가 행운아에게 물었어요.

악마의 할머니는 그렇게 나쁜 사람 같지는 않았어요.

"악마의 머리에서 황금 머리카락 세 올을 뽑아 가려고요. 머리카락을 뽑아 가지 못하면, 아내와 함께 살 수가 없거든요."

행운아가 대답했어요.

"머리카락 세 올이라. 그건 힘들겠는걸. 악마가 집에 돌아와 너를 발견하면, 너는 험한 꼴을 당할 거야. 하지만 네가 딱하니까 너를 도와줄 수 있는지 한번 생각 좀 해 봐야겠다."

악마의 할머니가 말했어요. 그러더니 행운아를 개미로 변화시킨 다음, 이렇게 말했어요.

"내 치마 주름 속으로 기어들어와. 거기 있으면 안전하단다."
행운아가 대답했어요.

"그럴게요. 이젠 됐네요. 그런데 궁금한 게 세 가지 있어요. 포도주가 콸콸 솟아 나오던 분수가 왜 바짝 말라 버려서 지금은 물 한 방울 안 나오는지, 또 황금 사과가 주렁주렁 열리던 나무에 지금은 왜 이파리 하나 나오지 않는지, 그리고 나룻배의 뱃사공은 왜 끊임없이 강을 오락가락해야 하고, 거기에서 영원히 헤어나지 못하는지, 그 이유를 꼭 알고 싶어요."

"세 가지 모두 어려운 질문이구나. 아무 소리 내지 말고 조용히 있다가 내가 악마의 황금 머리카락 세 올을 뽑을 때 악마가 하는 말을 잘 들으렴."

악마의 할머니가 대답했어요.

저녁이 되자, 악마가 집으로 돌아왔어요. 악마는 집에 들어오자마자 수상한 낌새를 곧바로 알아차렸어요.

"냄새가 나. 사람 고기 냄새가 나. 뭔가 수상해."

악마가 말했어요.

악마는 집 안 구석구석을 둘러보고 샅샅이 뒤졌어요. 하지만 아무것도 찾아내지 못했지요.

"지금 막 비질을 하고, 말끔히 정돈해 놓았는데 네가 또 죄다 엉망으로 만들어 놓았구나. 네 코는 늘 사람 고기 냄새만 맡니? 이제 좀 앉아서 저녁이나 먹어라!"

악마의 할머니가 악마를 꾸짖었어요.

악마는 먹고 마시고 나자, 몸이 나른해졌어요. 악마는 할머니

무릎을 베고 누워 이를 몇 마리만 잡아 달라고 했어요. 잠시 뒤, 악마는 스르르 잠이 들어 드르렁드르렁 코를 골았어요. 그러자 할머니는 악마의 황금 머리카락 한 가닥을 꽉 움켜잡고 홱 뽑아 옆에 놓았어요.

"아야! 지금 뭐 하는 거야?"

악마가 소리쳤어요.

"참 알 수 없는 꿈을 꿨지 뭐야. 그래서 네 머리카락을 움켜잡은 거야."

할머니가 대답했어요.

"도대체 무슨 꿈을 꾼 건데?"

악마가 물었어요.

"포도주가 콸콸 샘솟듯 나오던 어떤 광장의 분수가 바짝 말라 버려 이제는 물 한 방울 안 나온다지 뭐야. 도대체 왜 그러는 걸까?"

할머니가 물었어요.

"흥, 그 사람들, 그것만 알면 되는데! 분수 속에 돌멩이가 하나 있어. 그 밑에 두꺼비가 앉아 있지. 두꺼비를 죽이면, 포도주가 틀림없이 다시 흘러나올 거야."

악마가 대답했어요.

할머니는 또다시 악마의 머리에서 이를 잡았어요. 마침내 악마는 소르르 잠이 들었어요. 창문이란 창문이 모두 부르르 흔들릴 정도로 드르렁드르렁 코를 골았지요. 그러자 할머니는 악마의 머리에서 두 번째 머리카락을 홱 뽑았어요.

"아, 참! 지금 뭐 하는 거야?"

악마가 화를 벌컥 내며 외쳤어요.

"그렇게 화내지 마. 꿈결에 그런 거니까."

할머니가 대답했어요.

"또 무슨 꿈을 꿨는데?"

악마가 물었어요.

"어느 나라에 과일 나무 한 그루가 있는데, 보통 때는 황금 사과가 주렁주렁 열리더니 요즘은 이파리 하나 나오지 않네. 왜 그런 걸까?"

할머니가 물었어요.

"흥, 그 사람들, 그것만 알면 되는데! 생쥐 한 마리가 나무뿌리를 사각사각 갉아먹어서 그래. 생쥐를 죽이면, 틀림없이 다시 황금 사과가 열릴 거야. 하지만 생쥐가 계속 갉아먹으면, 나무가 완전히 말라 버릴 거야. 꿈을 꿨다면서 자꾸 귀찮게 굴지 좀 마. 한 번만 더 잠을 깨우면, 따귀를 한 대 후려칠 거야."

할머니는 악마를 살살 달랜 다음, 또다시 이를 잡아 주었어요. 마침내 악마는 사르르 잠이 들어 드르렁드르렁 코를 골았어요. 그러자 할머니는 세 번째 황금 머리카락을 꽉 움켜잡은 다음, 홱 뽑았어요. 악마는 펄쩍 뛰었어요. 고래고래 소리를 지르며 할머니에게 못된 짓을 하려고 했어요.

하지만 할머니가 악마를 또다시 살살 구슬리며 말했어요.

"흉한 꿈을 꾸어서 어쩔 수가 없었단다!"

"도대체 무슨 꿈인데?"

악마는 궁금해했어요.

"어떤 나룻배 사공 꿈을 꿨지 뭐야. 그런데 그 사공은 끊임없이 강을 오락가락해야 해서 거기에서 헤어나지 못한다고 하소연을 하더구나. 왜 그렇게 해야 되는 걸까?"

할머니가 말했어요.

악마가 대답했어요.

"흥, 바보 녀석! 누군가 와서 강을 건네 달라고 하면, 그 사람 손에 노를 쥐여 주면 돼. 그러면 그 사람이 배로 강을 건네줘야 하지. 뱃사공은 자유로운 몸이 되고."

할머니는 악마의 머리에서 황금 머리카락 세 올을 모두 뽑고, 세 가지 질문에 대한 답도 얻자, 그 늙은 용이 잠을 자도록 내버려 두었어요. 늙은 악마는 동이 틀 때까지 쿨쿨 잤어요.

악마가 다시 나가자, 할머니는 치마 주름에서 개미를 끄집어냈어요. 그러고는 행운아에게 인간의 모습을 되돌려주었어요.

"여기 황금 머리카락 세 가닥이 있다. 네 세 가지 질문에 악마가 한 대답을 잘 들었겠지."

할머니가 말했어요.

"네, 잘 들었어요. 잘 기억해 둘게요."

행운아가 대답했어요.

"내가 말해 준 게 도움이 될 거야. 이제 길을 떠나도 되겠구나."

할머니가 말했어요.

행운아는 할머니에게 힘들 때 도와줘서 고맙다는 말을 한 뒤,

지옥을 빠져나왔어요. 모든 일이 술술 풀려서 뛸 듯이 기뻤지요.

행운아는 뱃사공이 있는 곳에 이르자, 알려주기로 한 대답을 해 줘야 했어요.

"우선 저쪽으로 건네주세요. 그러면 이 일에서 벗어나는 방법을 가르쳐 드릴게요."

행운아가 말했어요.

나룻배가 건너편 물가에 이르자, 행운아는 뱃사공에게 악마가 말해 준 방법을 알려 주었어요.

"다음번에 누군가 와서 강을 건네 달라고 하면, 그 사람 손에 노를 쥐여 주세요."

행운아는 계속 걸어갔어요. 그리고 마침내 열매가 열리지 않는 나무가 있는 도시에 이르렀어요. 성문을 지키는 파수꾼 역시 답을 듣고 싶어 했었지요.

행운아는 악마에게 들은 이야기를 파수꾼에게 해 주었어요.

"나무뿌리를 갉아먹는 생쥐를 죽여 버리세요. 그러면 다시 황금 사과가 열릴 거예요."

그러자 파수꾼은 행운아에게 고맙다는 말을 하며 황금을 그득 실은 당나귀 두 마리를 선물로 주었어요. 행운아는 당나귀들을 끌고 갔어요.

마지막으로 행운아는 분수가 말라 버린 도시에 도착했어요.

행운아는 악마에게 들은 것을 파수꾼에게 말해 주었어요.

"분수 안에 두꺼비 한 마리가 앉아 있어요. 두꺼비를 찾아내서 죽여야 합니다. 그러면 분수에서 다시 포도주가 넘치도록 솟아나올 거예요."

파수꾼 역시 고맙다는 말을 하고는 행운아에게 황금을 그득 실은 당나귀 두 마리를 주었어요.

마침내 행운아는 아내가 있는 궁전에 닿았어요. 아내는 행운아를 다시 만났지요. 그리고 모든 일이 다 잘 풀렸다는 말을 듣고는 뛸 듯이 기뻐했어요. 행운아는 임금님이 요구한 것을 갖다주었어요. 악마의 황금 머리카락 세 가닥을요. 임금님은 황금을 잔뜩 싣고 온 당나귀 네 마리를 보고는 아주 뿌듯해하며 이렇게 말했어요.

"내가 요구한 것을 잘 해냈구나. 이제 자네는 내 딸과 함께 살아도 되느니라. 그런데 사위, 이 많은 황금이 어디서 났는지 말할 수 있겠느냐? 이 황금들은 엄청난 보물이거늘!"

"어떤 강을 건넜어요. 거기에서 가져온 것입니다. 그곳 물가에는 모래 대신 황금이 있습니다."

행운아가 대답했어요.

"나도 가서 가져올 수 있을까?"

임금님은 황금을 몹시 갖고 싶어 했어요.

"폐하께서 원하시는 만큼 얼마든지 가져오실 수 있습니다. 강에는 뱃사공이 한 명 있습니다. 그 사공에게 강을 건네 달라고 하십시오. 그러면 폐하의 자루들을 황금으로 그득 채우실 수 있을 겁니다."

행운아가 대답했어요.

욕심 많은 임금님은 부리나케 길을 떠났어요. 강가에 이른 임금님은 뱃사공에게 손짓해 강을 건네 달라고 했어요. 사공은 임금님에게 와서 배에 오르라고 했어요. 그러고는 건너편 강기슭에 이르자, 임금님 손에 얼른 노를 쥐여 주고는 냉큼 뛰어내려 달아났어요. 임금님은 그때부터 자신이 저지른 죄에 대한 벌로 노를 저어야 했지요.

"임금님은 아직도 노를 젓고 있을까?"
-"뭐라고? 임금님한테서 노를 가져간 사람은 아무도 없을 거야."

들장미공주

옛날 옛적에 임금님과 왕비님이 살고 있었어요.
임금님과 왕비님은 날마다 이렇게 말했어요.
"아, 우리에게 아기가 있었으면!"
하지만 아기는 생기지 않았어요.
그러던 어느 날, 왕비님이 욕실에 앉아 있는데 물속에서 개구리 한 마리가 땅 위로 철퍽철퍽 기어 나와 왕비님에게 이렇게 말했어요.
"일 년 안에 왕비님의 소원은 이루어질 거예요. 딸을 낳을 거예요."
실제로 개구리가 말한 대로 되었지요. 왕비님은 딸을 낳았어요. 아기가 어찌나 예쁘던지 임금님은 기뻐서 어쩔 줄을 몰랐어요. 임금님은 성대한 잔치를 열었어요. 임금님은 친척들, 친구들, 그리고 가깝게 지내는 사람들은 물론 지혜로운 여인들도 초대했어요. 아기를 사랑해 주고, 잘 보살펴 주라고요.

임금님의 나라에는 지혜로운 여인이 모두 열세 명 있었어요. 지혜로운 여인들은 황금 접시에 음식을 먹어야 하는데, 임금님은 황금 접시를 열두 개밖에 갖고 있지 않았어요. 그래서 그들 중 한 사람은 잔치에 오지 못 하고 그냥 집에 있어야 했지요.

잔치는 매우 성대하게 벌어졌어요. 잔치가 끝나자, 지혜로운 여인들은 아기 공주에게 놀라운 선물을 하나씩 주었어요. 첫 번째 여인은 미덕을, 두 번째 여인은 아름다움을, 세 번째 여인은 부유함을, 그리고 나머지 지혜로운 여인들도 사람들이 이 세상에서 바랄 수 있는 것들을 선물했지요.

열한 명의 여인들이 예언을 막 마쳤을 때, 열세 번째 여인이 불쑥 그 홀에 들어왔어요. 자신을 초대하지 않은 것을 앙갚음하고 싶었던 거예요.

열세 번째 여인은 사람들에게 인사도 하지 않고, 쳐다보지도 않은 채 큰 소리로 외쳤어요.

"공주님은 열다섯 살이 되면, 물렛가락(*

물레로 실을 자아낼 때, 실이 감기는 쇠꼬챙이.)에 찔려 쓰러져 죽을 거예요."

열세 번째 여인은 한 마디도 더 하지 않고 휙 돌아서서 홀을 떠났어요. 모두들 소스라치게 놀랐지요. 그때 열두 번째 여인이 앞으로 나섰어요. 아기 공주에게 줄 놀라운 선물을 아직 말하지 않았던 이 여인은 사악한 예언을 없애지는 못하지만, 그것을 누그러뜨릴 수는 있었지요.

열두 번째 여인은 이렇게 말했어요.

"공주님은 죽지 않을 거예요. 하지만 백 년 동안 깊은 잠에 빠지게 될 거예요."

사랑스러운 아기가 불행해지는 것을 어떻게든 막고 싶었던 임금님은 온 나라에 있는 물렛가락을 모두 불태워 버리라고 명령했어요. 하지만 지혜로운 여인들이 공주에게 선물로 예언해 준 것들은 모두 이루어졌어요. 공주는 이루 말할 수 없이 아름답고, 예의바르고, 상냥하고, 총명했어요. 공주를 한 번 본 사람들은 누구라도 공주를 사랑하지 않을 수가 없었어요.

마침내 공주가 열다섯 살이 되는 바로 그날, 임금님과 왕비님은 어디 가고 없고, 공주 혼자 궁전에 있었어요. 공주는 이곳저곳 샅샅이 돌아다녔어요. 마음 내키는 대로 이 방 저 방을 찬찬히 살펴보았지요.

마침내 공주는 어떤 오래된 탑에 이르렀어요. 소라 껍데기처럼 생긴 좁은 계단을 올라갔어요. 그러자 작은 문이 나타났어요. 자물쇠에는 녹슨 열쇠 한 개가 꽂혀 있었어요. 공주가 열쇠를 돌리자, 문이 철커덕 열렸어요. 작은 방 안에서는 한 할머니가 물레 앞에 앉아 물렛가락으로 부지런히 아마(*아마과의 한해살이풀. 껍질의 섬유로는 리넨 등의 섬유를 짜고, 씨는 기름을 내어 약재로도 이용함.)실을 짜고 있었어요.

"할머니, 안녕? 뭐 하는 거야?"

공주가 말했어요.

"실을 잣고 있어요."

할머니가 말했어요. 그러고는 고개를 끄덕였어요.

"짤깍짤깍 왔다 갔다 하는 저기 저건 뭐야? 참 재미있게 생겼네."

공주가 말했어요.

공주는 물렛가락을 집어 들고 자기도 한번 실을 자아 보려고 했어요. 하지만 물렛가락을 손에 대자마자 마법이 그 힘을 발휘하기 시작했어요. 공주는 물렛가락에 손가락을 콕 찔렸어요.

손가락이 따끔 찔리는 것이 느껴진 바로 그 순간, 공주는 거기 있던 침대 위에 쓰러져 깊은 잠에 빠져들었어요. 잠기운은 성 전체에 스르르 퍼져 나갔어요. 궁전에 막 돌아와 홀에 들어서던 임금님과 왕비님도 스르르 잠이 들었고, 임금님과 왕비님 곁에 있던 신하들도 스르르 잠이 들었어요.

마구간에 있던 말들도, 뜰에 있던 개들도, 지붕 위에 있던 비둘기들도, 벽에 딱 달라붙어 있던 파리들도 스르르 잠이 들었어요. 아궁이 위에서 가물가물 타오르던 불꽃도 잠잠해지더니 스르르 잠이 들었어요. 그뿐이 아니었어요. 불 위에서 지글지글

구워지고 있던 고기도 더는 지글거리지 않고, 잘못을 저질렀다며 주방에서 심부름하는 소년의 머리카락을 잡아당기려고 하던 요리사도 소년을 놓아주고 스르르 잠이 들었어요. 바람도 잠잠해졌고, 궁전 앞에 있는 나무들도 이파리 하나 움직이지 않았어요.

하지만 궁전 주위에는 가시나무 울타리가 생겨났어요. 울타리는 해가 갈수록 높아졌어요. 마침내 성 전체를 에워싸고 밖으로도 자라 성이 보이지 않게 되었어요. 지붕 위에 있던 깃발조차 보이지 않았지요.

그 나라에는 잠자는 아름다운 야생 가시장미-모두들 공주를 그렇게 불렀지요.-에 대한 소문이 돌았어요. 이따금씩 왕자들이 그곳에 와서 울타리를 뚫고 성 안으로 들어가려 한다는 소문이었지요. 하지만 그렇게 할 수 있었던 사람은 한 명도 없었어요. 왜냐하면 가시들이 마치 손이라도 달린 것처럼 왕자들을 꽉 움켜잡았기 때문이에요. 젊은 왕자들은 가시나무 울타리에 걸려 있었어요. 왕자들은 거기에서 헤어나지 못하고 비참하게 죽고 말았지요.

오랜 세월이 흘렀어요. 또다시 한 왕자가 그 나라에 왔어요. 왕자는 어떤 노인이 가시나무 울타리에 대해 이야기하는 것을 들었어요. 가시나무 울타리 뒤에는 성이 있는데, 그 성 안에는 '야생 가시장미'라고 불리는, 이루 말할 수 없이 아름다운 공주님이 백 년 전부터 지금까지 줄곧 잠을 자고 있다고 했지요. 임금님과 왕비님, 그리고 모든 신하들도 공주님과 함께 잠을 자고 있고요. 그 할아버지는 자기 할아버지한테 들은 이야기도 들려주었어요. 이미 수많은 왕자들이 그곳에 와서 가시나무 울타리를 뚫고 들어가려고 애를 써 보았지만 가시나무 울타리에 계속 걸려 있다가 이루 말할 수 없이 슬픈 죽음을 맞이했다고요.

"나는 두렵지 않아요. 그리로 가서 그 아름다운 들장미공주를 봐야겠어요."

젊은 왕자가 말했어요.

마음씨 착한 노인은 왕자를 말렸지만 왕자는 말을 듣지 않았어요.

마침내 백 년이 지났어요. 들장미공주가 다시 잠에서 깨어나는 그날이 왔어요. 왕자가 가시나무 울타리 가까이 다가가자, 커다랗고 아름다운 꽃들이 스르르 양쪽으로 갈라지며 길을 내주었어요. 왕자는 털끝 하나 다치지 않고 지나갈 수 있었어요. 왕자가 지나가자, 꽃들은 다시 합쳐져 울타리가 되었어요.

왕자는 궁전 뜰에서 말들과 얼룩무늬 사냥개들이 길게 누워 잠자고 있는 것을 보았어요. 그리고 비둘기들이 지붕 위에서 그 작은 머리를 날갯죽지에 쏙 파묻은 채 앉아 있는 것도 보았어요. 성 안으로 들어간 왕자는 파리들이 벽에 딱 달라붙어 잠자고 있는 광경을 보았어요. 부엌에서는 요리사가 소년을 움켜잡으려는 듯이 한 손을 뻗고 있었고, 하녀는 새까만 닭 앞에 앉아 있었어요. 깃털을 뽑으려던 것이지요.

왕자는 계속 걸어갔어요. 홀에는 신하들이 모두 누워 잠을 자고 있었어요. 높은 곳에 있는 옥좌에는 임금님과 왕비님이 누워 있었지요. 왕자는 계속 갔어요. 모든 것이 어찌나 조용한지 왕자는 자신의 숨소리까지 들을 수 있었어요.

마침내 왕자는 탑이 있는 곳에 왔어요. 왕자는 들장미공주가 잠을 자고 있는 작은 방의 문을 열었어요. 그곳에는 공주가 누워 있었어요. 공주가 너무나도 아름다워서 왕자는 눈을 뗄 수가 없었어요. 왕자는 몸을 굽혀 공주에게 뽀뽀를 했어요.

왕자의 입술이 닿자, 들장미공주는 눈을 번쩍 뜨더니 잠에서 깨어났어요. 들장미공주는 무척이나 다정한 눈빛으로 왕자를 지그시 바라보았어요. 두 사람은 함께 계단을 내려왔어요. 그러자 임금님도 잠에서 깨어나고, 왕비님과 신하들도 잠에서 깨어났어요. 모두들 눈이 휘둥그레져 서로를 바라보았어요.

뜰에 있던 말들도 자리에서 일어나 푸르르 몸을 흔들었고, 사냥개들도 껑충껑충 뛰며 꼬리를 흔들었어요. 지붕 위에 있던 비둘기들도 날갯죽지에 파묻고 있던 작은 머리를 번쩍 치켜들고는 주위를 쓱 둘러보더니 들판으로 푸드덕 날아갔어요. 벽에 달라붙어 있던 파리들도 다시 기어갔어요. 부엌의 불길도 다시 넘실거리면서 음식을 요리했어요. 구이용 고기는 다시 지글거리기 시작했고, 요리사는 소년의 따귀를 철썩 때렸어요. 소년은 비명을 질렀지요. 그리고 하녀는 닭털을 마저 다 뽑았어요.

들장미공주와 왕자의 결혼식은 성대하게 거행되었어요. 두 사람은 죽을 때까지 행복하게 살았어요.

늑대와 일곱 마리 아기 염소

 옛날 옛적에 늙은 암염소가 새끼 염소 일곱 마리와 함께 살고 있었어요. 엄마 염소는 아기 염소들을 사랑했어요. 엄마들이 자식들을 사랑하듯이요.
 어느 날 엄마 염소는 숲으로 가서 먹을 것을 구해 오려고 했어요.
 엄마 염소는 일곱 마리 아기 염소를 모두 불러 놓고 말했어요.
 "얘들아, 나는 숲으로 갈 거야. 늑대를 조심하렴. 늑대가 집 안에 들어오면, 너희들을 모두 통째로 잡아먹을 거야. 그 악당은 자주 변장을 한단다. 하지만 그놈의 쉰 목소리와 시꺼먼 발을 보면, 늑대란 걸 금방 알아챌 수 있을 거야."
 "엄마, 꼭 조심할게요. 걱정 말고 다녀오세요."
 아기 염소들이 말했어요.
 그러자 늙은 암염소는 매애애애 운 다음, 안심하고 길을 떠났어요.

얼마 지나지 않아 누군가 대문을 두드리며 외쳤어요.

"애들아, 문 열어. 엄마야. 너희들 모두에게 줄 걸 갖고 왔단다."

하지만 아기 염소들은 쉬어 빠진 목소리를 듣고 그것이 늑대라는 걸 알아챘어요.

아기 염소들이 외쳤어요.

"우리는 문 안 열어 줄 거야. 넌 우리 엄마 아냐. 우리 엄마는 목소리가 곱고 예뻐. 하지만 네 목소리는 쉬었잖아. 너는 늑대야."

그러자 늑대는 구멍가게로 가서 커다란 분필 한 개를 샀어요. 분필을 먹자, 늑대의 목소리는 고와졌어요.

늑대는 염소네 집으로 다시 와서 대문을 두드리며 외쳤어요.

"애들아, 문 열어. 엄마야. 너희들 모두에게 줄 걸 갖고 왔단다."

늑대는 시꺼먼 앞발 한 개를 열린 창문틀 위에 턱 올려놓았어요.

아기 염소들은 그걸 보고 소리를 질렀어요.

"우리는 문 안 열어 줄 거야. 우리 엄마 발은 그렇게 시꺼멓지 않아. 너는 늑대야."

그러자 늑대는 빵가게로 달려가 말했어요.

"무언가에 발이 부딪혔어. 어서 빵 반죽을 발라."

빵집 주인은 늑대의 앞발에 반죽을 발랐어요.

그러자 늑대는 방앗간 주인에게 달려가서 이렇게 말했어요.

"내 앞발에 하얀 밀가루를 뿌려."

방앗간 주인은 늑대가 누군가를 속이려 한다고 생각했어요. 그래서 싫다고 했어요.

"해 주지 않으면, 너를 잡아먹을 거다."

늑대가 말했어요.

덜컥 겁이 난 방앗간 주인은 늑대의 앞발을 하얗게 만들어 주었어요. 그래요, 이런 게 우리 인간의 모습이지요.

그 악당은 세 번째로 염소네 집에 가서 대문을 두드리며 말했어요.

"얘들아. 문 열어. 엄마야. 너희들 모두에게 줄 걸 숲에서 가져왔단다."

아기 염소들이 외쳤어요.

"우리 엄마인지 아닌지 알아야 하니까 먼저 네 앞발을 보여 줘."

늑대는 한쪽 앞발을 창문틀 위에 척 올려놓았어요. 아기 염소들은 앞발이 하얀 것을 보고는 늑대의 말이 사실이라고 믿었어요. 그래서 문을 열어 주었어요. 하지만 집 안으로 들어온 것은 늑대였어요. 아기 염소들은 소스라치게 놀라 몸을 숨기려고 했어요. 첫째 아기 염소는 식탁 밑으로 뛰어가고, 둘째 아기 염소는 침대 속으로 뛰어들어갔어요. 셋째 아기 염소는 난로 속으로, 넷째 아기 염소는 부엌으로, 다섯째 아기 염소는 옷장 속으로, 여섯째 아기 염소는 세숫대야 속으로, 일곱째 아기 염소는 벽시계의 상자 속으로 뛰어들어갔지요.

하지만 늑대는 아기 염소들을 찾아내 서슴지 않고 하나씩 하나씩 차례로 꿀꺽꿀꺽 삼켰어요. 늑대는 벽시계의 상자 속에 있던 막내 아기 염소 한 마리만은 찾아내지 못했어요. 실컷 배를 채운 늑대는 마지못해 그곳을 어기적어기적 떠나 염소네 집 밖에 있는 푸른 풀밭의 어떤 나무 밑에 누웠어요. 그러고는 쿨쿨 잠을 자기 시작했어요.

얼마 지나지 않아 늙은 엄마 염소가 숲에서 돌아왔어요. 아, 엄마 염소의 눈앞에 펼쳐진 광경은 얼마나 끔찍했는지 몰라요! 대문은 활짝 열려 있었어요. 식탁과 의자들, 그리고 긴 의자들은 모두 나동그라져 있었고, 세숫대야는 박살이 나 있었어요. 이불과 베개는 죄다 침대 밖으로 끌어당겨져 있었고요.

엄마 염소는 아기 염소들을 찾아보았어요. 하지만 어느 곳에도 보이지 않았어요. 엄마 염소는 아기 염소들의 이름을 하나씩 차례로 큰 소리로 불렀어요. 하지만 대답을 하는 아기 염소는 하나도 없었어요.

엄마 염소가 막내 아기 염소 옆을 지나려고 하는데, 마침내 누군가 가느다란 목소리로 외쳤어요.

"엄마, 나 시계 상자 속에 숨어 있어요."

엄마 염소는 막내 아기 염소를 벽시계 상자 속에서 꺼냈어요. 막내 아기 염소는 엄마 염소에게 늑대가 와서 다른 아기 염소들을 모조리 다 잡아먹었다고 했어요. 엄마 염소가 가여운 아기 염소들을 생각하며 얼마나 울었을지 여러분도 상상할 수 있을 거예요.

엄마 염소는 몹시 슬퍼하면서 집 밖으로 나갔어요. 막내 아기 염소도 깡충깡충 뛰며 따라나섰지요. 둘이 풀밭에 가 보니 늑대는 나무 옆에 누워 드르렁드르렁 코를 골고 있었어요. 어찌나 드르렁대는지 굵은 나뭇가지들이 다 부르르 떨릴 정도였지요.

엄마 염소는 늑대를 샅샅이 살펴보다가 금방이라도 터질 듯이 빵빵한 늑대의 뱃속에서 뭔가가 꼼지락꼼지락 움직이는 걸 발견했어요. 그건 이리저리 마구 움직였지요.

엄마 염소는 생각했어요.

'어머나, 세상에! 늑대가 저녁밥으로 삼켜 버린 내 불쌍한 아기들이 아직 살아 있는 거야? 늑대 녀석, 허겁지겁 마구 삼켰구나.'

엄마 염소는 막내 아기 염소에게 집으로 달려가 가위와 바늘과 실을 가져오라고 했어요. 엄마 염소는 그 괴물의 배를 자르기 시작했어요. 가위질을 채 한 번 하기도 전에 아기 염소 한 마리가 머리를 쏙 내밀었어요. 엄마 염소가 계속해서 싹둑싹둑 가위질을 하자, 아기 염소 여섯 마리가 차례로 깡충깡충 뛰어나왔어요. 털끝 하나 다친 데 없이 모두 살아 있었지요. 괴물 같은 늑대가 너무 욕심을 낸 나머지 아기 염소들을 꿀꺽꿀꺽 삼켰기 때문이에요. 천만다행이었지요! 아기 염소들은 엄마 염소를 꼭 끌어안고 결혼식을 올리는 재봉사처럼 팔짝팔짝 뛰었어요.

하지만 엄마 염소는 이렇게 말했어요.

"모두들 가서 큰 돌멩이를 주워 오너라. 저 못된 동물이 잠을 자는 동안 큰 돌멩이로 뱃속을 채워 놓자."

아기 염소 일곱 마리는 부리나케 돌멩이들을 질질 끌고 와 더는 채울 수 없을 때까지 늑대 뱃속에 잔뜩 쑤셔 넣었어요. 그리고 엄마 염소는 재빨리 늑대의 배를 다시 꿰맸어요. 그래서 늑대는 아무것도 눈치채지 못했어요. 꼼짝도 하지 않았지요.

늘어지게 자고 난 늑대는 마침내 그곳을 떠났어요. 뱃속에 잔뜩 들어 있는 돌멩이 때문에 갈증이 나서 샘물가로 가 물을

마시고 싶었던 거예요. 하지만 걸음을 옮겨 이리저리 몸을 움직이자, 뱃속에 있는 돌멩이들이 서로 부딪히고 딸그락거렸어요.

그러자 늑대가 외쳤어요.

> **"내 뱃속에서 누가**
> **덜커덩 덜커덕대는 거야?**
> **새끼 염소 여섯 마리인 줄 알았는데**
> **순전히 큰 돌멩이들이었네."**

늑대는 샘물가에 와 물 위로 몸을 굽히고 물을 마시려고 했어요. 그러자 무거운 돌멩이들이 와르르 내리쏠리면서 늑대가 샘물 속으로 풍덩 빠지고 말았어요. 딱하게도 늑대는 죽고 말았어요.

그 광경을 본 일곱 마리 아기 염소는 일제히 그리로 달려가서 큰 소리로 외쳤어요.

"늑대가 죽었다! 늑대가 죽었어!"

아기 염소들과 엄마 염소는 기쁨에 넘쳐 샘물가를 빙빙 돌며 춤을 추었어요.

요술식탁과 황금당나귀와 자루 속에 든 방망이

옛날 옛적에 한 재봉사가 살고 있었어요. 재봉사에게는 아들이 셋 있었고, 염소는 딱 한 마리밖에 없었어요. 하지만 염소는 그 집 식구들을 염소젖으로 먹여 살렸기 때문에 좋은 것을 먹어야 했어요. 사람들은 염소를 날마다 풀밭으로 데리고 가야 했지요. 세 아들은 순서대로 그 일을 했어요. 한번은 첫째 아들이 무척 좋은 풀이 있는 교회 묘지로 염소를 데리고 가서 염소에게 풀을 뜯겼어요.

저녁때 집으로 돌아갈 시간이 되자, 첫째 아들이 물었어요.

"염소야, 배부르니?"

**"나, 무지 배불러.
이젠 이파리 싫어. 매! 매!"**

염소가 대답했어요.

"그럼 집으로 가자."

소년이 말했어요.

첫째 아들은 염소를 작은 밧줄에 묶은 다음, 우리로 데리고 가 단단히 묶어 놓았어요.

"그래, 염소가 제대로 먹었니?"

재봉사가 말했어요.

"아, 너무 배가 불러서 한 잎도 더 못 먹겠대요."

아들이 대답했어요.

하지만 아버지는 직접 확인하고 싶었어요. 그래서 우리로 내려가 그 사랑스러운 짐승을 쓰다듬으며 물었어요.

"염소야, 배부른 거야?"

"내가 어떻게 배가 부르겠어?
무덤들 위로 껑충껑충 뛰어다니기만 했어.
이파리 하나 없더라. 매! 매!"

염소가 대답했어요.

재봉사가 버럭 고함을 질렀어요.

"아니, 이게 무슨 소리야!"

재봉사는 뛰어 올라가 소년에게 말했어요.

"야, 이 거짓말쟁이야, 배불리 먹였다더니 염소를 굶겨?"

재봉사는 불같이 화가 나서 벽에서 엘레자(*옛날에 사용되던

자로 1엘레는 60~80cm임.)를 내려 첫째 아들을 때린 뒤, 집 밖으로 내쫓았어요.

이튿날, 둘째 아들 차례가 되었어요. 둘째 아들은 이곳저곳 열심히 찾다 떨기나무와 덤불로 된 울타리에서 좋은 풀만 자라는 곳을 찾아냈어요. 염소는 그곳의 풀을 몽땅 다 먹어 치웠어요.

저녁이 되어 집에 돌아갈 시간이 되자, 둘째 아들은 염소에게 물었어요.

"염소야, 배부르니?"

**"나, 무지 배불러.
이젠 이파리 싫어. 매! 매!"**

염소가 대답했어요.
"그럼 집에 가자."
소년이 말했어요.
소년은 염소를 집에 끌고 가 우리에 단단히 묶어 놓았어요.
"그래, 염소가 제대로 먹었니?"
재봉사가 말했어요.
"아, 배가 너무 불러서 한 잎도 더 못 먹겠대요."
아들이 대답했어요.
재봉사는 그 말을 믿으려 하지 않고 우리로 내려가 염소에게 물었어요.
"염소야, 배부르니?"

**"내가 어떻게 배가 부르겠어?
무덤들 위로 껑충껑충 뛰어다니기만 했어.
이파리 하나 없더라. 매! 매!"**

염소가 대답했어요.
"이런 못된 녀석 같으니! 이렇게 착한 짐승을 굶기다니."
재봉사가 외쳤어요.
재봉사는 뛰어 올라가 엘레자로 둘째 아들을 때려 대문 밖으로 내쫓았어요.
셋째 아들의 차례가 되었어요. 셋째 아들은 맡은 일을 잘하고 싶었어요. 그래서 최고로 좋은 이파리가 무성한 덤불을 찾아내 염소가 풀을 뜯게 했어요.
저녁이 되어 집에 갈 시간이 되자, 셋째 아들이 물었어요.
"염소야, 배부르니?"

**"나, 무지 배불러.
이젠 이파리 싫어. 매! 매!"**

염소가 대답했어요.
"그럼 집에 가자."
소년이 말했어요.
셋째 아들은 염소를 우리로 데리고 가 단단히 묶어 놓았어요.

"그래, 염소가 제대로 먹었니?"
재봉사가 말했어요.
"아, 염소가 너무 배가 불러서 한 잎도 더 못 먹겠대요."
아들이 대답했어요.
재봉사는 그 말을 믿지 않고 직접 내려가 염소에게 물었어요.
"염소야, 배부르니?"
마음씨 고약한 그 짐승은 이렇게 대답했어요.

"내가 어떻게 배가 부를 수 있겠어?
무덤들 위로 껑충껑충 뛰어다니기만 했어.
이파리 하나 없더라. 매! 매!"

"아, 이런 거짓말쟁이 녀석! 셋 다 자기 의무를 잊었구나! 두 번 다시 너희들에게 바보처럼 속지 않을 거다!"
재봉사가 외쳤어요.
재봉사는 불같이 화가 나서 어쩔 줄 몰라하며 뛰어 올라가 그 불쌍한 소년의 등을 엘레자로 흠씬 두들겨 팼어요. 셋째 아들은 집 밖으로 뛰쳐나갔어요.
이제 늙은 재봉사는 자기 염소와 단 둘이 있게 되었어요.
이튿날 아침, 재봉사는 우리로 내려가 염소를 다정하게 쓰다듬으며 말했어요.
"이리 온, 내 귀염둥이, 내가 직접 너를 풀밭으로 데리고 나갈 거야."

재봉사는 염소를 밧줄에 묶어 떨기나무와 덤불로 된 푸른 울타리로 데려갔어요. 그곳에는 서양톱풀(*국화과의 여러해살이풀. 자극성이 강한 향과 맛으로 샐러드나 스프에 이용한다.)과 염소들이 잘 먹는 풀이 많았어요.
"이곳에서 실컷 먹을 수 있을 거야."
재봉사가 염소에게 말했어요.
재봉사는 염소가 저녁때까지 풀을 뜯게 내버려 두었어요.
저녁이 되자, 재봉사가 물었어요.
"염소야, 배부르니?"

**"나, 무지 배불러.
이젠 이파리 싫어. 매! 매!"**

염소가 대답했어요.
"그럼 집에 가자."
재봉사가 말했어요.
재봉사는 염소를 우리로 데리고 가 단단히 묶어 놓았어요. 재봉사는 가려고 하다가 몸을 돌려 말했어요.
"이제는 정말 배가 부르겠구나!"
하지만 염소는 여느 때와 마찬가지로 이렇게 외쳤어요.

**"내가 어떻게 배가 부를 수 있겠어?
무덤들 위로 껑충껑충 뛰어다니기만 했어.**

이파리 하나 없더라. 매! 매!"

그 말을 들은 재봉사는 소스라치게 놀랐어요. 재봉사는 자신이 세 아들을 아무 잘못도 없는데 내쫓았다는 것을 확실히 알게 되었어요.

"두고 봐라! 이 배은망덕한 놈 같으니라고. 너를 쫓아내는 것만으로는 성에 안 찬다. 네가 정직하고 예의바른 재봉사들에게 얼씬도 못하도록 너한테 표시를 해 놓아야겠다."

재봉사가 외쳤어요.

재봉사는 얼른 뛰어 올라가 자기가 쓰는 면도칼을 가져왔어요. 그러고는 염소의 머리에 비누를 문질러 거품을 낸 다음, 털 한 오라기 남기지 않고 머리털을 박박 밀어 버렸어요. 염소의 머리는 재봉사의 손바닥처럼 빤질빤질해졌지요. 재봉사는 엘레자로 염소를 때리기에는 엘레자가 너무 아깝다는 생각이 들어 채찍을 가져와 염소를 마구 때렸어요. 어찌나 세게 때렸는지 염소는 펄쩍펄쩍 뛰며 도망을 갔어요.

집에 달랑 홀로 남게 된 재봉사는 크나큰 슬픔에 잠겼어요. 재봉사는 세 아들을 다시 곁에 두고 싶었어요. 하지만 세 아들이 어디로 갔는지 아는 사람은 아무도 없었어요.

첫째 아들은 가구를 만드는 어떤 소목장이의 밑에서 배우고 일하는 도제(*직업에 필요한 지식, 기능을 배우려고 일하는 직공.)가 되었어요. 첫째 아들은 지치지 않고 열심히 배웠어요.

견습 기간이 끝나고 떠나야 할 때가 되자, 스승은 첫째 아들에게 작은 식탁 하나를 선물로 주었어요. 그 식탁은 겉모습은 조금도 특별하지 않았어요. 나무로 만든 보통 식탁이었지요. 하지만 그 식탁은 참으로 특별한 면이 있었어요. 식탁을 바로 놓고 "작은 식탁아, 상 차려." 하고 말하면, 그 신통한 작은 탁자에는 곧바로 말끔한 식탁보가 덮이고, 접시 한 개가 올려지고, 나이프와 포크가 접시 옆에 놓이고, 삶은 음식과 구운 음식이 담긴 사발 여러 개가 한 상 그득 차려졌어요. 붉은 포도주가 담긴 커다란 유리잔 한 개도 반짝반짝 빛났고요. 그걸 보고 있노라면 기쁨이 절로 솟았지요.

'이것만 있으면 평생 잘 살 수 있겠다.'

첫째 아들은 생각했어요.

첫째 아들은 기쁜 마음으로 세상을 두루 돌아다녔어요. 여관이 좋건 나쁘건, 또 여관에 먹을 게 있든 없든 조금도 신경 쓰지 않았어요. 마음이 내키지 않으면, 여관에 들어가지 않고 그저 마음 가는 대로 들판이나 숲 또는 초록 벌판으로 가 등에 짊어지고 있던 작은 식탁을 내려놓고 이렇게 말했어요.

"상 차려."

그러면 마음에 쏙 드는 음식이 차려져 있었어요.

첫째 아들은 문뜩 아버지에게 돌아가고 싶다는 생각이 들었어요. 이제 아버지의 화도 누그러져 있고, 또 요술식탁 덕분에 아버지가 자신을 다시 반갑게 맞이해 줄 것 같았지요.

집으로 돌아가는 길에 해가 저물자, 첫째 아들은 어느 여관에 들어가게 되었어요. 여관은 손님들로 꽉 차 있었어요. 사람들은 첫째 아들을 반갑게 맞으며 자기네들 식탁에 와서 앉으라고 했어요. 자신들과 함께 식사를 하자고요. 그렇지 않으면 음식을 먹기 어려울 거라고 했지요.

이제는 어엿한 소목장이가 된 첫째 아들이 대답했어요.

"아닙니다. 저는 여러분의 음식을 몇 입씩 뺏어 먹고 싶지 않습니다. 오히려 여러분이 제 손님이 되어 주셨으면 합니다."

사람들은 하하하 웃으며 그 소목장이가 자기네들을 놀리는 것이라고 생각했어요.

하지만 첫째 아들은 자신의 작은 나무 식탁을 식당 한가운데 놓고 이렇게 말했어요.

"작은 식탁아, 상 차려."

그러자 눈 깜짝할 사이에 여러 가지 음식이 차려졌어요. 어찌나 상을 잘 차렸던지 여관 주인은 감히 엄두도 내지 못할 정도로 훌륭한 요리였지요. 음식 냄새가 손님들의 콧속으로 솔솔 풍겨 올라갔어요.

"친애하는 여러분, 마음껏 드세요."

소목장이가 말했어요.

손님들은 무슨 말인지 알아듣고는 곧바로 식탁으로 우르르 몰려들어 나이프를 쥐고 용감하게 먹어 댔어요. 손님들이 가장 놀랐던 것은 사발의 음식이 비워지면, 곧바로 음식이 그득 담긴 사발이 그 자리에 저절로 척 놓인다는 것이었어요. 여관 주인은 한쪽 구석에 서서 모든 광경을 찬찬히 지켜보았어요. 여관 주인은 무슨 말을 해야 할지 몰랐어요.

하지만 이렇게 생각했어요.

'우리 여관에 저런 요리사가 있으면 괜찮겠는걸.'

소목장이와 손님들은 밤늦게까지 흥겹게 어울렸어요. 마침내 손님들은 잠자리에 들었고, 젊은 소목장이 또한 자기 잠자리로 갔어요. 그러고는 요술식탁을 벽에 세워 놓았어요.

하지만 여관 주인은 이 궁리 저 궁리를 하느라 바빴어요. 그런데 헛간에 소목장이의 식탁과 똑같이 생긴 낡은 식탁이 있다는 생각이 퍼뜩 들었어요. 여관 주인은 살금살금 그 식탁을 가져와 요술식탁과 슬쩍 바꿨어요.

이튿날 아침, 소목장이는 숙박비를 치른 다음, 작은 식탁을 짊어지고 길을 떠났어요. 그것이 가짜 식탁일 것이라고는 조금도 생각하지 못했지요.

한낮에 첫째 아들은 아버지가 있는 집에 도착했어요. 아버지는 크게 기뻐하며 아들을 맞이했어요.

"그래, 내 사랑하는 아들아, 무엇을 배웠니?"

아버지가 말했어요.

"아버지, 저는 소목장이가 되었어요."

첫째 아들이 말했어요.

"그거 참 좋은 직업이지. 그런데 도제를 끝내고 돌아오는 길에 무엇을 가져왔니?"

아버지가 대답했어요.

"아버지, 최고로 좋은 걸 가져왔어요. 작은 식탁이에요."

재봉사는 작은 탁자를 요리조리 꼼꼼히 살펴본 다음, 말했어요.

"뛰어난 작품은 만들지 못했구나. 이건 낡고 볼품없는 작은 탁자잖아."

"하지만 이건 요술식탁이에요. 식탁을 세워 놓고 상을 차리라고 하면, 곧바로 최고로 맛있는 음식 여러 개가 차려져요. 기분 좋게 만드는 포도주도 한 병 나오고요. 아버지, 친척들과 친구들을 모두 초대하세요. 그분들도 한번 즐겁게 먹고 마시며 기운을 내셔야죠. 이 작은 식탁이 그분들을 모두 배부르게 해 드릴 거예요."

아들이 대답했어요.

사람들이 모두 모이자, 첫째 아들은 작은 식탁을 방 한가운데에 놓고 말했어요.

"작은 식탁아, 상 차려."

하지만 식탁은 꼼짝도 하지 않았어요. 사람 말을 못 알아듣는 보통 다른 식탁들처럼 아무 음식도 차리지 않았지요. 불쌍한 소목장이는 그제야 비로소 자신의 작은 식탁이 바뀌었음을 알아차렸어요. 첫째 아들은 자신이 거짓말쟁이가 된 것 같아 부끄러웠어요. 하지만 친척들은 첫째 아들을 비웃으며 아무것도 먹거나 마시지 못한 채 다시 집으로 돌아가야 했지요.

아버지는 옷감을 다시 가져와 옷 만드는 일을 계속했어요. 첫째 아들은 다른 소목장이 밑에 가서 일할 생각으로 집을 떠났어요.

둘째 아들은 한 방앗간 주인을 찾아가 일을 배웠어요.

견습 기간이 끝나자, 스승이 말했어요.

"네가 끝까지 잘 해 주었으니 아주 특별한 당나귀를 선물하겠다. 그 당나귀는 수레도 끌지 않고, 자루도 나르지 않는단다."
"그럼 도대체 어디에 쓰나요?"
도제 수업을 마친 둘째 아들이 물었어요.
"그 당나귀는 황금을 쏟아 내지. 당나귀를 보자기 위에 올려놓고 '브리클레브리트.' 하고 말하면, 그 착한 짐승은 금화를 앞뒤로 좌르르 쏟아 낼 거야."
방앗간 주인이 대답했어요.
"그거 참 좋네요."
둘째 아들이 말했어요.
둘째 아들은 스승에게 고맙다고 한 다음, 세상으로 나갔어요. 둘째 아들은 황금이 필요하면, 당나귀에게 '브리클레브리트.'라는 말만 하면 되었어요. 그러면 금화가 비 오듯이 좌르르 쏟아져 내렸지요. 둘째 아들은 땅바닥에서 줍는 일만 하면 되었어요. 둘째 아들은 어디를 가든 가장 좋은 것만 가지려 했어요. 값이 비싸면 비쌀수록 좋았어요. 언제나 지갑이 두둑했기 때문이에요.
한동안 세상을 두루 둘러보던 둘째 아들은 이렇게 생각했어요.
'아버지를 찾아뵈어야겠다. 황금당나귀를 데리고 가면, 아버지는 화내셨던 일을 싹 다 잊어버리고 너를 반갑게 맞이해 주실 거야.'
둘째 아들은 형이 작은 식탁을 바꿔치기 당했던 바로 그 여관에 묵게 되었어요. 둘째 아들은 당나귀를 끌고 갔어요. 여관 주인은 그 짐승을 직접 데려가서 묶어 놓으려고 했어요.

하지만 둘째 아들이 이렇게 말했어요.

"그러실 필요 없어요. 제 회색 당나귀는 제가 직접 우리로 데리고 갈 거예요. 묶어 놓는 것도 제 손으로 할 거고요. 당나귀가 어디 있는지 알아야 하니까요."

여관 주인은 참으로 이상하다고 생각했어요.

'자기 당나귀를 손수 돌봐야 하다니 음식 사 먹을 돈도 별로 없겠군.'

여관 주인은 이렇게 생각했지요.

하지만 그 낯선 남자는 주머니 속에 손을 쑥 집어넣더니 금화 두 닢을 꺼내 자신에게는 좋은 것만 사다 달라고 했어요. 여관 주인은 눈이 휘둥그레졌어요. 여관 주인은 얼른 달려가 끙끙거리며 최고로 좋은 것을 찾아냈어요.

식사가 끝나자, 그 손님은 음식 값이 얼마냐고 물었어요. 여관 주인은 음식 값을 두 배로 받고 싶었어요. 그래서 금화 몇 닢을 더 내야 한다고 했어요. 손님은 주머니에 손을 넣었어요. 하지만 금화는 딱 떨어지고 한 푼도 없었어요.

"주인아저씨, 잠깐만 기다리세요. 가서 금화를 가져올게요."

손님이 말했어요.

손님은 식탁보를 가져갔어요.

여관 주인은 손님의 말이 무슨 뜻인지 몰랐어요. 호기심이 난 여관 주인은 그 손님의 뒤를 살금살금 따라갔어요. 손님이 마구간 문에 빗장을 잠갔기 때문에 여관 주인은 옹이구멍으로 살짝 들여다보았어요. 그 낯선 남자는 당나귀 밑에 식탁보를 쫙 펼치더니 "브리클레브리트." 하고 외쳤어요. 그러자 그 짐승은 입과 엉덩이에서 황금을 좌르르 쏟아 내기 시작했어요. 꼭 비가 좌좍 퍼붓는 것 같았지요.

"어럽쇼! 금화를 금방 척척 찍어 내네! 저런 돈 자루 하나 있으면 괜찮겠는걸!"

여관 주인이 말했어요.

손님은 음식 값을 치르고 잠자리에 누웠어요. 하지만 여관 주인은 밤이 되자, 마구간으로 살그머니 내려가 조폐국의 기능장(*직인 계급에서 가장 높은 자리. 여기에서는 금화를 찍어내는 당나귀를 뜻함.)을 데려가고, 그 자리에 다른 당나귀를 매어 놓았어요.

이튿날 아침 일찍, 직인은 당나귀를 데리고 여관을 나왔어요. 그 당나귀가 자신의 황금당나귀인 줄만 알았지요. 한낮이 되자 둘째 아들은 아버지가 있는 집에 도착했어요. 아버지는 둘째 아들을 다시 보자, 기뻐하며 반갑게 맞이했어요.

"우리 아들, 넌 무엇이 되었니?"

노인이 물었어요.

"앞으로 방앗간 주인이 될 수 있어요."

아들이 대답했어요.

"도제를 끝내고 돌아오는 길에 무엇을 가져왔니?"

"당나귀 한 마리만 가져왔어요."

"당나귀는 여기도 많아. 나는 착한 염소가 더 좋은데."

아버지가 말했어요.

"그렇기는 하죠. 하지만 이 당나귀는 보통 당나귀가 아니라 황금당나귀예요. 제가 '브리클레브리트.' 하고 말하면, 이 착한 짐승은 아버지에게 보자기 하나 가득 금화를 쏟아 낼 거예요. 친척들을 모두 부르세요. 제가 친척들을 모두 부자로 만들어 드릴게요."

아들이 대답했어요.

"듣던 중 반가운 일이구나. 그럼 난 앞으로 바늘을 손에 쥐고 고생하지 않아도 되겠구나."

재봉사가 말했어요.

재봉사는 한걸음에 달려가 친척들을 불렀어요. 친척이 모이자마자, 방앗간 기술을 익힌 둘째 아들은 자리를 비켜 달라고 하고는 갖고 있던 보자기를 좍 펼쳤어요. 그러고는 당나귀를 방 안으로 끌고 왔어요.

"자, 모두 잘 보세요."

둘째 아들이 말했어요.

"브리클레브리트."

둘째 아들이 외쳤어요.

하지만 보자기에 떨어진 것은 금화가 아니었어요. 이 동물은 그런 기술은 모른다는 게 드러나고 말았어요. 모든 당나귀가 그런 걸 할 수 있는 건 아니지요.

불쌍한 둘째 아들은 실망한 표정을 지었어요. 그리고 자신이 사기당했다는 것을 알아차렸지요. 둘째 아들은 친척들에게 용서를 빌었어요. 친척들은 돌아갈 때도 그 집에 왔을 때와 똑같이 여전히 가난했지요.

노인은 다시 바늘을 잡고, 소년은 어느 방앗간 주인 밑에 들어가 고용살이를 하는 수밖에 없었어요.

셋째 아들은 어느 선반공(*선반과 절단기를 사용해 가구, 일상용품, 예술품을 만드는 기능장.)을 찾아가 도제가 되어 일을 배웠어요. 그 일은 매우 정교하고 손이 많이 가는 일이라 셋째 아들은 아주 오랫동안 배워야 했어요. 두 형들은 자신들에게 얼마나 끔찍한 일이 벌어졌는지 동생에게 편지로 알렸어요. 집으로 돌아가기 하루 전날 저녁, 여관 주인이 요술 부리는 물건을 번번이 훔쳐 간 것도 알렸고요.

셋째 아들이 견습 기간을 모두 마치고 떠나야 할 때가 되자, 스승은 제자가 끝까지 잘 해냈다고 하면서 셋째 아들에게 자루 한 개를 선물로 주었어요.

그러고는 이렇게 말했어요.

"이 안에는 몽둥이가 들어 있다."

"자루는 둘러멜 수도 있고, 요긴하게 쓸 수도 있지만, 그 안에 든 몽둥이는 어디에 쓰죠? 무겁기만 하지요."

셋째 아들이 말했어요.

"어디다 쓰는지 말해 주지. 누군가 네게 고약한 마음을 먹고 해를 끼쳤다면, '몽둥이야, 자루에서 나와.' 하고 말하렴. 그러면 몽둥이가 자루에서 뛰쳐나와 사람들 사이로 들어간 다음, 그 사람들의 등 위에서 아주 신이 나서 껑충껑충 뛰어다닐 거야. 그러면 그 사람들은 일주일 동안 꼼작도 못할 거야. 그리고 이 몽둥이는 네가 '몽둥이야, 자루 속에 들어가.' 하고 말하기 전에는 계속 껑충껑충 뛰어다닐 거야."

스승이 대답했어요.

제자는 스승에게 고맙다고 말한 다음, 자루를 어깨에 둘러멨어요.

누군가 자신에게 바싹 다가와 무슨 짓을 하려고 하면, 셋째 아들은 이렇게 말했어요.

"몽둥이야, 자루에서 나와."

그 말이 떨어지기가 무섭게 몽둥이는 자루 밖으로 껑충 뛰어나와 재킷이나 헐렁한 조끼(*15~17세기에 남자들이 입던 옷. 재킷보다 길이가 길고, 앞에 단추가 달려 있지 않으며, 조끼보다 품이 넓음.)의 등판을 하나하나 차례로 탁탁 털어 먼지 하나 없이 깨끗하게 해 놓았어요. 몽둥이는 사람들이 재킷이나 조끼를 벗을 때까지 기다리지도 않았어요. 어찌나 잽싼지 이제 나를 때리려나, 하고 생각하기도 전에 벌써 옷을 탁탁탁 털어 주었지요.

저녁 무렵, 젊은 선반공은 두 형들이 도둑맞았던 바로 그 여관에 도착했어요. 셋째 아들은 자기 앞에 있는 식탁 위에 배낭을 내려놓고 세상을 두루 돌아다니며 신기한 것은 모두 보았다고 이야기하기 시작했어요.

"그래요, 요술식탁이나 황금당나귀나 그 비슷한 것들을 모두들 보셨겠지요. 제가 보기에도 그런 것들은 하찮게 볼 수 없는, 그야말로 훌륭한 물건들입니다. 하지만 그런 것들은 제가 일을 하고 얻은 보물에 비하면 아무것도 아닙니다. 그 보물은 이 자루 속에 들어 있습니다."

셋째 아들이 말했어요.

여관 주인은 귀를 쫑긋 세웠어요.

'도대체 뭐가 들었을까? 자루에 보물이 가득 들어 있나 보네. 저것도 공짜로 가져야겠다. 좋은 일은 모두 삼세번이잖아.'

여관 주인은 생각했어요.

잠자리에 들 시간이 되자, 그 손님은 긴 의자 위에 몸을 길게 눕히고, 자루를 베개 삼아 내려놓았어요. 여관 주인은 손님이 깊은 잠에 빠졌다고 생각하고는 살금살금 손님에게 다가가 자루를 살살 잡아당겼어요. 자루를 살짝 빼내고, 다른 걸 그 자리에 밀어 넣을 속셈이었지요.

하지만 여관 주인이 자루를 홱 잡아당기기만을 기다리고 있던 선반공은 그 순간, 고함을 질렀어요.

"몽둥이야, 자루에서 나와."

그러자 몽둥이가 휙 튀어나와 여관 주인의 몸을 마구 때렸어요. 옷 솔기가 완전히 너덜너덜하게 만들어 버렸지요. 여관 주인은 딱할 정도로 비명을 질렀어요. 하지만 여관 주인이 큰소리를 지를수록 몽둥이는 거기에 탁탁 박자를 맞추며 더 세게 여관 주인의 등을 두들겨 팼어요. 마침내 여관 주인은 기진맥진하여 땅바닥에 쓰러지고 말았어요.

그러자 선반공이 말했어요.

"요술식탁과 황금당나귀를 내놓지 않으면, 몽둥이가 또다시 춤을 출 거야."

"아, 알았어. 다 줄 테니까, 저 고약한 도깨비 좀 다시 자루 속에 기어들어가라고 해 줘."

여관 주인은 기어들어가는 목소리로 말했어요.

"너그럽게 한번 봐 주지! 하지만 또 다칠 수 있으니까 조심해!"

선반공이 말했어요. 그런 다음 선반공은 이렇게 외쳤어요.

"몽둥이야, 자루 속에 들어가!"

이제 그만 몽둥이를 푹 쉬게 해 준 것이지요.

이튿날 아침, 선반공은 요술식탁과 황금당나귀를 가지고 아버지가 있는 집으로 갔어요. 재봉사는 막내아들을 보자, 반가워하며 낯선 곳에서 무엇을 배웠냐고 물었어요.

"아버지, 저는 선반공이 되었어요."

셋째 아들이 대답했어요.

"그거 아주 정교한 기술이지. 도제를 끝내고 돌아오는 길에 뭘 가져왔니?"

아버지가 말했어요.

"아주 귀한 것을 가져왔어요. 이 자루 속에 몽둥이 한 개가 들어 있어요."

셋째 아들이 대답했어요.

"뭐라고? 몽둥이를 가져왔다고? 그거 갖고 오느라고 참 수고했구나! 몽둥이는 아무 나무나 베어도 만들 수 있는 거잖아!"

아버지가 소리쳤어요.

"아버지, 이 몽둥이는 그런 몽둥이가 아니에요. 제가 '몽둥이야, 자루에서 나와.' 하고 말하면, 몽둥이가 팔짝 뛰어나와 저한테 고약한 마음을 품은 사람과 한바탕 신나게 춤을 춘다니까요.

그리고 그 녀석이 땅바닥에 쓰러져서 살려 달라고 싹싹 빌 때까지 절대로 그만두지 않아요. 보세요, 이 몽둥이로 제가 요술식탁과 황금당나귀를 다시 찾아왔어요. 그 도둑놈 같은 여관 주인이 형들한테서 빼앗은 것이지요. 이제 두 형들을 부르고, 친척들도 모두 초대하세요. 제가 친척들한테 먹고 마실 것을 드리고 싶어요. 호주머니도 금화로 그득 채워 드릴 거예요."

셋째 아들이 말했어요.

늙은 재봉사는 그 말을 조금도 믿고 싶지 않았어요. 하지만 친척들을 불러 모았어요.

그러자 선반공은 방에 보자기를 깔고 황금당나귀를 끌고 와 형에게 말했어요.

"자, 형, 황금당나귀한테 말해 봐."

"브리클레브리트."

방앗간 주인 밑에서 일을 익힌 형이 말했어요.

그러자 눈 깜짝할 사이에 금화가 보자기 위에 좌르르 쏟아져 내렸어요. 마치 폭우가 좍좍 퍼붓는 것 같았지요. 당나귀는 사람들이 더는 들고 갈 수 없을 정도로 많은 금화를 쏟아 냈어요. (여러분의 얼굴을 보니까, 여러분도 거기 있었으면, 하는 표정이네요.)

이번에는 선반공이 요술식탁을 가져와 말했어요.

"형, 이제 요술식탁한테 말해 봐."

소목장이가 "작은 식탁아, 상 차려." 하고 말하자마자 식탁보가 펴지고, 최고로 멋진 사발 여러 개가 식탁 위에 그득 차려졌어요. 모두 함께 식사를 했어요. 마음씨 착한 재봉사는 지금껏 그런 음식을 집에서 먹어 본 적이 없었지요. 친척들은 밤늦게까지 그 집에 머물렀어요. 모두 신이 나고 만족스러워했어요.

재봉사는 바늘, 꼰 실, 엘레자와 인두(*불에 달구어 천의 구김살을 눌러 펴거나 솔기를 꺾어 누르는 데 쓰는 기구.) 여러 개를 옷장 속에 꼭꼭 집어넣고, 세 아들과 함께 즐겁고 행복하게 살았어요.

그런데 죄도 없는 세 아들을 내쫓게 만든 그 염소는 어디로 갔을까요? 내가 다 말해 줄게요. 염소는 대머리가 된 것이 창피했어요. 그래서 어느 여우 동굴로 뛰어가 깊숙한 곳까지 기어들어갔어요. 여우가 집에 돌아와 보니 커다란 눈 두 개가 어둠 속에서 번쩍번쩍 빛나고 있었지요. 여우는 기겁을 하고 왔던 길로 다시 뛰어갔어요. 그러다가 곰을 만났어요.

여우가 정신도 없이 무척 당황한 얼굴을 하고 있자, 곰이 말했어요.

"여우 동생, 무슨 일 있어? 얼굴이 왜 그 모양이야?"

"아, 화가 엄청나게 많이 난 짐승 한 마리가 내 굴속에 앉아서 이글이글 불타는 눈으로 나를 빤히 노려봤어."

빨간 여우가 대답했어요.

"우리, 그 녀석을 내쫓아 버리자."

곰이 말했어요.

곰은 여우와 함께 동굴로 갔어요. 그러고는 굴속을 들여다보았어요. 하지만 곰도 여우와 꼭 같이 이글이글 타는 두 눈을 보자, 겁이 덜컥 났어요. 곰은 그 맹수와 상대하고 싶지 않아 냅다 도망을 쳤어요.

벌이 뛰어가던 곰을 보았어요.

벌은 곰의 표정이 심상치 않다는 것을 알아채고 이렇게 말했어요.

"곰아, 굉장히 짜증난 얼굴이구나. 명랑하던 모습은 다 어디 간 거니?"

"말 한번 편하게 하는구나. 빨간 여우네 집에 무지무지 화난 맹수 한 마리가 빤히 쳐다보며 떡하니 앉아 있어. 그런데 우리는 그 녀석을 내쫓을 수가 없어."

곰이 대답했어요.

"곰아, 정말 안 됐구나. 나는 보잘 것 없고, 힘도 없는 벌레야. 너희는 나를 길에서 만나도 눈여겨보지 않지. 하지만 내가 너희들을 도와줄 수 있을 것 같구나."

벌이 말했어요.

벌은 여우 굴속으로 날아 들어갔어요. 그러고는 대머리처럼 털을 박박 민 염소의 머리 위에 앉아서 엄청나게 따끔한 침을 콕콕 쏘았어요. 그러자 염소는 팔짝팔짝 뛰어올랐어요.

"매! 매!"

염소는 비명을 지르며 미친 듯이 굴 밖으로 뛰쳐나갔어요. 지금은 또 어디로 뛰어갔는지 아무도 모른답니다.

개구리 임금님

 옛날 옛적, 소원을 빌면 모두 이루어지던 그 시절에 한 임금님이 살고 있었어요. 임금님의 딸들은 하나같이 아름다웠어요. 그중에서도 막내딸은 어찌나 아름다운지 보지 않은 것이 거의 없는 해님조차도 막내 공주의 얼굴을 비출 때마다 깜짝깜짝 놀랐지요.

 임금님이 살고 있는 성 근처에는 어두컴컴하고 커다란 숲이 있었어요. 숲 속에는 오래된 보리수나무 한 그루가 있었고, 그 아래에는 샘물이 있었어요. 뜨거운 한낮이면 막내 공주는 숲으로 가서 시원한 샘물가에 앉아 있었어요. 그러다가 심심하면 황금 공을 높이 던졌다가 받았지요. 황금 공은 막내 공주가 가장 좋아하는 장난감이었어요.

 그런데 어느 날 황금 공이 높이 쳐든 공주의 한 작은 손에 떨어지지 않고 손을 살짝 비껴가면서 땅바닥에 쿵 떨어졌어요. 황금 공은 곧바로 떼구루루 굴러 우물 속으로 풍당 빠졌어요.

막내 공주는 줄곧 눈으로 황금 공을 쫓았어요. 하지만 황금 공은 사라져 버렸어요. 샘은 깊었어요. 무척 깊어서 바닥도 보이지 않았지요. 막내 공주는 엉엉 울기 시작했어요. 점점 더 큰 소리로 울었지요. 막내 공주는 마음이 좀처럼 진정되지 않았어요.

공주가 한참 슬피 울고 있는데, 누군가 막내 공주에게 외쳤어요.

"공주님, 왜 그래? 바위도 불쌍하게 여길 만큼 큰 소리로 우네."

막내 공주는 어디서 소리가 들려오는지 알아보려고 주위를 휘 둘러보았어요. 개구리 한 마리가 보였어요. 개구리는 흉측하고 퉁퉁한 머리를 물 밖으로 쑥 내밀고 있었어요.

"아, 너구나. 물에서 철벅거리는 늙은이. 황금 공 때문에 우는 거야. 샘물에 빠져 버렸어."

막내 공주가 말했어요.

"뚝, 이제 그만 울어. 내가 문제를 해결해 줄 수도 있으니까. 하지만 내가 장난감을 건져다 주면 나한테 뭘 줄 거야?"

개구리가 대꾸했어요.

"사랑스러운 개구리야, 네가 갖고 싶은 건 뭐든 다 줄게. 내 옷들이랑 진주랑 보석을 줄게. 내가 쓰고 있는 황금관도 주고."

막내 공주가 말했어요.

"공주님의 옷, 공주님의 진주와 보석, 공주님의 황금관, 난 그런 것들, 싫어. 하지만 나를 좋아할 생각이 있다면, 나를 공주님의 친구 겸 놀이 동무로 삼아 줘. 공주님의 작은 식탁에서 공주님 옆에 앉고, 공주님의 작은 황금 접시에 담긴 음식도 먹고, 공주님의 작은 잔으로 물도 마시고, 공주님의 작은 침대에서 잠도 자게 해 줘. 그러겠다고 약속하면, 내가 샘물 아래로 내려가서 황금 공을 건져 올게."

개구리가 대답했어요.

"아, 물론이지. 공만 다시 갖다준다면, 네가 해 달라는 거 다 해 줄게. 약속해."

막내 공주가 말했어요.

하지만 막내 공주는 이렇게 생각했어요.

'저 멍청한 개구리가 무슨 소리를 지껄이는 거야. 물속에서 자기랑 닮은 것들 옆에 앉아 개굴개굴 울어야지. 사람의 친구는 무슨.'

공주가 약속하자, 개구리는 고개를 물속에 쑥 넣더니 깊숙이 내려갔어요. 잠시 뒤, 개구리는 다시 헤엄쳐 올라왔어요. 개구리는 입에 물고 있던 공을 풀밭에 휙 집어던졌어요. 공주는 이루 말할 수 없이 아름다운 자신의 장난감을 다시 보자, 뛸 듯이 기뻤어요. 공주는 장난감을 집어 들고는 내달렸어요.

개구리가 외쳤어요.

"잠깐만, 잠깐만. 나도 데려가. 나는 공주님처럼 빨리 뛰지 못해."

개구리가 아무리 큰 소리로 개굴개굴 울어도 아무 소용이 없었어요! 공주는 개구리 말을 듣지 않았어요. 공주는 서둘러 성으로 갔어요. 그리고 그 불쌍한 개구리를 까맣게 잊어버렸어요. 개구리는 다시 자기 샘물 속으로 내려가야 했지요.

이튿날, 공주가 임금님과 모든 신하들과 함께 식탁에 앉아 자신의 작은 황금 접시에 담긴 음식을 먹고 있는데, 철썩찰싹철썩찰싹 소리를 내며 뭔가가 대리석 계단을 기어 올라왔어요. 그것은 다 올라와서 문을 두드렸어요.

그러고는 외쳤어요.

"공주님, 막내 공주님, 문 열어 줘!"

공주는 문밖에 도대체 누가 왔는지 궁금했어요. 공주가 문을 열었더니 그 개구리가 앉아 있었어요. 공주는 얼른 문을 쾅 닫고는 다시 식탁에 앉았어요. 공주는 잔뜩 겁에 질렸어요.

임금님은 공주의 심장이 쿵쿵 뛰는 것을 눈치채고 말했어요.

"얘야, 뭐가 그렇게 무섭니? 거인이 너를 잡아가려고 문밖에 와 있니?"

"아, 아니에요. 거인이 아니고 아주 못생긴 개구리예요."

공주가 대답했어요.

"무슨 일로 개구리가 너한테 온 거니?"

"아, 아바마마, 어제 숲 속 샘물가에 앉아서 놀다가 제 황금 공이 물속에 빠졌어요. 그래서 제가 엉엉 우니까 개구리가 공을 가져다줬어요. 개구리가 자신을 제 친구로 삼아 달라고 해서 그러겠다고 약속했어요. 사실 저는 개구리가 자기가 살고 있는 물 밖으로 나올 수 있을 것이라고는 꿈에도 생각하지 못했어요. 그런데 지금 개구리가 문밖에 와 있어요. 제가 있는 이곳으로 들어오고 싶어 해요."

그때 문을 두드리는 소리가 또다시 두 번 났어요.

개구리가 외쳤어요.

**"공주님, 막내 공주님,
문 열어 줘.
어제 시원한 샘물가에서
공주님이 나한테 한 말
잊어버린 거야?
공주님, 막내 공주님,
문 열어 줘."**

그러자 임금님이 말했어요.

"약속한 건 지켜야지. 가서 문 열어 줘."

공주는 가서 문을 열었어요. 개구리는 팔짝팔짝 뛰어들어와 공주를 졸졸 따라갔어요.

공주의 의자가 있는 곳까지 오자, 개구리는 바닥에 철퍼덕 앉아서 외쳤어요.

"공주님 옆으로 들어올려 줘야지."

공주는 망설였어요. 그러자 참다못한 임금님이 어서 그렇게 하라고 명령을 내렸어요.

의자에 올라온 개구리는 식탁 위로 올라가려고 했어요.

그리고 식탁 위에 앉자, 이렇게 말했어요.

"공주님의 작은 황금 접시를 내 쪽으로 밀어 줘. 그래야 우리가 함께 먹을 수 있잖아."

공주는 개구리가 시키는 대로 했어요. 하지만 하기 싫은데 억지로 한다는 게 얼굴에 그대로 나타났어요. 개구리는 음식을 맛있게 먹었어요. 하지만 공주는 한입 먹을 때마다 음식이 목에 걸리는 것만 같았어요.

"배가 많이 부르니까 피곤하네. 나를 공주님의 작은 방으로 데려다 줘. 그리고 공주님의 작은 비단 침대를 가지런히 정돈해. 우리, 나란히 누워 자자."

개구리가 말했어요.

공주는 앙 울음을 터뜨렸어요. 공주는 차가운 개구리가 무서웠어요. 손을 대는 것도 끔찍한데 예쁘고 깨끗한 자신의 작은 침대에서 함께 잠을 자야 하다니요.

하지만 임금님은 불같이 화를 내며 말했어요.

"네가 어려움에 빠졌을 때 도와준 이를 이제 와서 무시하면 안 되지."

그러자 공주는 개구리를 두 손가락으로 집어 들고 위층 자기 방으로 올라갔어요. 그러고는 개구리를 방 한 구석에 내려놓았어요.

공주가 침대에 눕자, 개구리가 기어와서 말했어요.

"나 피곤해. 나도 공주님같이 편히 자고 싶어. 침대 위에 올려 줘. 안 그러면 임금님께 다 이를 거야."

공주는 화가 머리끝까지 나서 개구리를 집어 들고는 있는 힘껏 벽에 집어던졌어요.

"이제 좀 조용히 있겠지. 흉측한 개구리 같으니."

개구리가 바닥에 뚝 떨어졌어요. 그런데 개구리는 온데간데 없고, 대신 아름답고 다정한 눈빛을 한 왕자가 서 있었어요. 왕자는 임금님의 뜻대로 공주의 친구이자 남편이 되었어요. 왕자는 공주에게 자신은 어느 사악한 마녀의 마법에 걸렸는데, 샘물에서 자신을 구해 줄 수 있는 사람은 공주 딱 한 사람밖에 없었다고 이야기해 주었어요. 그리고 내일 공주와 함께 자신의 왕국으로 가자고 했어요.

두 사람은 잠이 들었어요. 이튿날 해님이 두 사람을 깨우자, 하얀 말 여덟 마리가 끄는 마차가 한 대 왔어요. 말들은 머리에 하얀 타조 깃털을 달고 있었고, 황금빛 사슬에 매여 있었어요. 마차 뒤에는 젊은 임금님의 신하가 서 있었어요. 바로 충직한 하인리히였지요. 충성스럽고 정직한 하인리히는 자신이 모시고 있던 왕자가 개구리로 변하자, 이루 말할 수 없이 슬펐어요. 너무나도 가슴이 아프고 슬퍼서 심장이 터져 버릴 것 같았지요. 하인리히는 심장이 터지지 않도록 쇠로 만든 띠 세 개를 가슴에 꽁꽁 동여맸어요.

마차는 그 젊은 임금님을 임금님의 나라로 모시고 갈 마차였어요. 충직한 하인리히는 왕자와 공주를 번쩍 들어 마차에 앉히고, 자신은 다시 마차 뒤로 가 섰어요. 하인리히는 왕자가 마법에서 풀려서 뛸 듯이 기뻤어요.

마차가 얼마쯤 달렸을 때, 왕자는 자기 뒤쪽에서 뭔가가 부서지는지 우지끈 툭툭 하는 소리를 들었어요.

왕자는 몸을 돌려 외쳤어요.

"하인리히, 마차가 부서지고 있어."
"아닙니다, 왕자님. 마차가 부서지는 게 아니에요.
왕자님이 개구리로 변해
샘물 속에 앉아 계셨을 때
너무너무 고통스러웠던 제 심장을
묶었던 띠 한 개가 부서진 거예요."

마차가 달리는 동안, 우지끈 뚝딱 부서지는 소리는 한 번 더 났어요. 그 뒤로도 또 한 번 났고요. 그때마다 왕자는 마차가 부서지는 줄 알았어요. 하지만 그건 충직한 하인리히의 심장을 묶고 있던 띠가 부서지는 소리였지요. 왜냐하면 하인리히는 자신이 모시는 왕자가 마침내 마법에서 풀려나 행복해졌기 때문이에요.

용감무쌍한 꼬마 재봉사

어느 여름날 아침, 키 작은 재봉사가 창가에 있는 탁자에 앉아 있었어요. 재봉사는 기분이 좋았어요. 온갖 정성을 다해 한 땀 한 땀 바느질을 하고 있었지요.

그때 어떤 농부 부인이 길거리를 내려오며 외쳤어요.

"맛있는 무스(*잼보다는 죽에 가까운 것으로 사과, 배, 자두, 감자, 완두콩, 곡물 등으로 만든다.) 사세요! 맛있는 무스요!"

꼬마 재봉사의 귀에 그 소리는 참으로 달콤하게 들렸어요.

꼬마 재봉사는 귀여운 머리를 창밖으로 쏙 내밀고 외쳤어요.

"아줌마, 이리로 올라오세요. 제가 아줌마 물건을 살게요."

농부의 부인은 무거운 바구니를 들고 계단 세 개를 올라와 재봉사에게 갔어요. 그리고는 재봉사 앞에 단지를 전부 풀어놓아야 했지요. 재봉사는 단지들을 하나하나 찬찬히 살펴본 다음, 높이 들어올려 코를 대고 냄새를 맡았어요.

"무스가 맛있겠네요. 아줌마, 4로트(*옛날의 반 온스의 중량 단위. 약 16그램.)만 저울에 달아 주세요. 반의 반 파운드만 주셔도 되고요."

재봉사는 이렇게 말했어요.

농부의 아내는 재봉사가 달라는 만큼만 주었어요. 하지만 무스를 많이 팔고 싶었기 때문에 화가 잔뜩 나서 꿍얼거리며 그곳을 떠났지요.

"이 무스는 하늘이 내게 내려 주신 축복이야. 내게 힘과 강인함을 줄 거야."

꼬마 재봉사가 외쳤어요.

꼬마 재봉사는 찬장에서 빵 한 덩이를 꺼내 한 조각을 자른 다음, 빵에 무스를 척척 발랐어요.

"무스가 쓰지는 않겠지. 빵은 이 조끼를 다 지은 다음에 먹자."

꼬마 재봉사가 말했어요.

꼬마 재봉사는 빵을 옆에 내려놓고 바느질을 계속했어요. 기분이 마냥 좋다 보니 바늘땀 간격이 점점 더 많이 벌어졌지요. 그 사이, 달콤한 무스 냄새가 벽을 타고 솔솔 올라갔어요. 그곳에는 엄청나게 많은 파리가 앉아 있었어요. 파리 떼는 그 냄새에 혹해서 우르르 내려와 빵 위에 내려앉았어요.

"아니, 누가 너희를 오라고 했니?"

재봉사가 말했어요.

재봉사는 불청객들을 휘휘 쫓았어요. 하지만 독일어를 알아

들지 못하는 파리들은 도망가기는커녕 점점 더 큰 무리를 지어 우르르 다시 몰려들었어요.

재봉사는 화가 머리끝까지 치밀어 올라 재단용 탁자 옆에 난 구멍-실밥이나 헝겊을 버리는 곳이지요.-에서 천 조각을 꺼내려고 손을 뻗으며 말했어요.

"기다려, 본때를 보여 주지!"

재봉사가 말했어요.

꼬마 재봉사는 인정사정 보지 않고 파리 떼를 후려쳤어요. 한 발 물러나 세어 보니 자그마치 파리 일곱 마리가 다리를 쭉 뻗고 쓰러져 있었지요.

"너, 이렇게 멋진 녀석이었냐?"

꼬마 재봉사가 말했어요.

꼬마 재봉사는 자신의 용감무쌍함에 스스로 감탄했어요.

"이런 사실은 이 도시 전체가 알아야 해."

꼬마 재봉사가 말했어요.

꼬마 재봉사는 부리나케 허리띠를 마름질하고, 바느질을 했어요. 그러고는 그 위에 큼지막하게 '한 방에 일곱 녀석'이란 글자를 수놓았어요.

꼬마 재봉사가 말했어요.

"아니지, 이 도시만 알면 안 되지! 온 세상이 이 사실을 알아야 해!"

꼬마 재봉사는 너무 기뻐서 심장이 팔딱팔딱 뛰었어요.

재봉사는 허리띠를 질끈 매고 넓은 세상으로 나가고 싶었어요. 작업실은 자기처럼 용감무쌍한 사람에게는 너무나 작았기 때문이에요. 재봉사는 떠나기 전에 가지고 갈 게 뭐 없을까 하고 집 안을 휘 둘러보았어요. 하지만 오래된 치즈 한 덩이밖에 발견하지 못했지요. 재봉사는 치즈를 호주머니에 쑤셔 넣었어요. 성문 앞을 지나던 꼬마 재봉사는 덤불 속에 포획된 새 한 마리를 발견했어요. 꼬마 재봉사는 그 새를 치즈가 들어 있는 호주머니에 쑥 집어넣었어요.

재봉사는 쉬지 않고 용감하게 계속 걸어갔어요. 재봉사는 몸이 가볍고 날랬기 때문에 조금도 피곤하지 않았어요. 그 길로 가니 산이 하나 나왔어요. 산꼭대기에 오르자, 엄청나게 큰 거인이 앉아서 아주 느긋한 표정으로 주위를 쓱 둘러보고 있었어요.

꼬마 재봉사는 용감하게 거인에게 다가가 말했어요.

"어이, 친구, 안녕하신가? 여기 앉아서 드넓은 세상을 살피고 있나? 나는 지금 막 세상을 향한 여행길에 올랐지. 내 운을 시험해 볼 생각이야. 자네도 나와 함께 갈 텐가?"

거인은 깔보는 눈빛으로 꼬마 재봉사를 뚫어지게 바라보다가 이렇게 말했어요.

"이 사기꾼아! 보잘 것 없는 녀석 같으니!"

"과연 그럴까?"

꼬마 재봉사가 대답했어요. 그러고는 재킷 단추를 끌러 젖히

고 거인에게 허리띠를 보여 주었어요.

"이걸 보면 내가 어떤 남자인지 알 수 있겠지."

거인은 '한 방에 일곱 녀석'이라고 쓰인 것을 읽었어요. 거인은 꼬마 재봉사가 사람 일곱 명을 때려죽인 줄 알고 그 작은 사나이를 존경하는 마음이 조금 생겨났어요. 하지만 거인은 일단 꼬마 재봉사를 시험해 보기로 했어요. 거인은 돌멩이 한 개를 손에 쥔 다음, 꽉 눌러 으깨 버렸어요. 그러자 돌멩이에서 물이 뚝뚝 떨어졌어요.

"너, 힘세면 나처럼 해 봐."

거인이 말했어요.

"겨우 이까짓 걸 하라고? 그런 건 우리 같은 사람들에게는 누워서 떡 먹기지."

꼬마 재봉사가 말했어요.

꼬마 재봉사는 주머니 속에 손을 넣더니 부들부들한 치즈를 꺼내 꽉 눌렀어요. 그러자 물기가 주르르 흘러내렸어요.

"어때, 내가 좀 더 세지?"

꼬마 재봉사가 말했어요.

거인은 무슨 말을 해야 할지 몰랐어요. 거인은 그 난쟁이가 하는 말을 좀처럼 믿을 수가 없었어요. 그래서 작은 바위 한 개를 번쩍 들어올리더니 눈에 보이지 않을 정도로 높이 던져 올렸어요.

"자, 수오리 녀석아, 나처럼 해 봐."

거인이 말했어요.

"잘 던지네. 하지만 바위는 다시 땅에 떨어지게 돼 있잖아. 나는 절대로 다시 돌아오지 않는 걸 던질 거야."

꼬마 재봉사가 말했어요.

꼬마 재봉사는 주머니 속에 손을 넣어 새를 꺼내, 허공에 휙 던졌어요. 자유의 몸이 되어 신이 난 새는 하늘 높이 날아올라 멀리멀리 날아갔어요. 그러고는 다시 돌아오지 않았어요.

"여보게, 저 조그만 것, 어떤가?"

재봉사가 물었어요.

"던지는 건 잘하는군. 하지만 네가 꽤 묵직한 것도 나를 수 있는지 한번 봐야겠어."

거인이 말했어요.

거인은 꼬마 재봉사를 땅바닥에 쓰러진 우람한 떡갈나무 앞으로 데려갔어요.

"네가 정말 힘이 세다면, 이 나무를 숲 밖으로 나르도록 도와 줘."

거인이 말했어요.

"그러지 뭐. 자네는 굵은 가지가 있는 밑둥부리(*베어 낸 통나무의 아래쪽 굵은 부분.)만 어깨에 짊어지게. 나는 잔가지가 있는 쪽을 나르겠네. 그쪽이 제일 무겁지."

조그만 남자가 대답했어요.

거인은 밑둥부리를 어깨에 걸머지고, 재봉사는 어느 굵은 나뭇가지 위에 앉았어요. 뒤를 돌아볼 수 없었던 거인은 나무와 함께 그 위에 앉아 있는 꼬마 재봉사까지 운반해야 했지요. 나무 뒤쪽에 있던 꼬마 재봉사는 신바람이 났어요. 기분이 무척 좋았지요.

꼬마 재봉사는 짧은 노래를 휘파람으로 불었어요.

"재봉사 셋이 말을 타고 성문을 향해 갔지."

나무를 나르는 일이 식은 죽 먹기와도 같이 쉬운 일인 것처럼요.

끙끙대며 무거운 짐을 질질 끌고 가던 거인은 얼마 가지 않아 더는 걸을 수가 없었어요.

"이봐, 나무를 그만 내려놓아야겠어."

거인이 외쳤어요.

재봉사는 잽싸게 폴짝 뛰어내렸어요.

그러고는 지금껏 나무를 날랐던 것처럼 두 팔로 나무를 부둥켜안고 거인에게 말했어요.

"자네는 이렇게 덩치가 큰 데도 나무 하나 나르지 못하는군."

둘은 함께 계속 걸어갔어요. 벚나무 앞에 이르자, 거인은 새까맣게 잘 익은 버찌가 주렁주렁 열린 우듬지(*나무의 꼭대기 줄기.)를 움켜쥐고 아래로 구부렸어요. 그러고는 꼬마 재봉사의 손에 쥐여 주면서 버찌를 따먹으라고 했어요. 하지만 꼬마 재봉사는 몸이 약해서 나뭇가지를 붙잡고 있을 수가 없었어요. 거인이 나무에서 손을 떼자마자 나무는 공중으로 다시 휙 올라갔어요. 재봉사도 덩달아 공중으로 휙 튕겨 올랐어요.

꼬마 재봉사가 하나도 다친 곳 없이 무사히 다시 땅바닥에 떨어지자, 거인이 말했어요.

"아니, 여린 나뭇가지 하나 붙잡고 있을 힘도 없는 거야?"

"힘이 없는 게 아니네. 한 방에 일곱 녀석을 해치운 사람한테 이런 일이 어울리기나 하겠는가? 사냥꾼들이 저 아래 덤불 속으로 총을 쏘고 있어서 나무 위로 뛰어오른 것이네. 자네도 할 수 있으면 나처럼 한번 해 보게."

꼬마 재봉사가 대답했어요.

거인은 껑충 뛰어올랐어요. 하지만 나무 위로 뛰어오르지 못하고 굵은 나뭇가지들 사이에 그만 걸리고 말았지요. 이번에도 꼬마 재봉사가 거인을 이긴 거예요.

"자네가 그렇게 용감한 사나이라면, 우리 동굴로 가서 우리와 함께 하룻밤을 자도록 하지."

거인이 말했어요.

꼬마 재봉사는 선뜻 그러마 하고 거인을 따라갔어요. 동굴에 이르자, 다른 거인들이 불가에 모여 앉아 구운 양을 한 마리씩 손에 쥐고 뜯어먹고 있었어요.

꼬마 재봉사는 주위를 둘러보며 생각했어요.

'여기가 내 작업실보다 훨씬 넓네.'

거인은 꼬마 재봉사에게 침대 하나를 가리키며 누워서 푹 자라고 했어요. 하지만 꼬마 재봉사에게는 그 침대가 너무 컸어요. 그래서 꼬마 재봉사는 침대에 눕지 않고 한쪽 구석으로 기어갔어요.

한밤중이 되자, 거인은 꼬마 재봉사가 깊은 잠에 빠졌다고 생각하고는 슬며시 일어나 커다란 쇠막대를 집어 들고는 단숨에 침대를 내리쳤어요. 침대는 두 동강이 나고 말았지요. 거인은 그 메뚜기를 죽여 버렸다고 생각했어요.

다음 날 새벽, 거인들은 숲으로 갔어요. 거인들은 꼬마 재봉사를 까맣게 잊어버렸지요. 그런데 갑자기 꼬마 재봉사가 잔뜩 신이 난 얼굴로 느릿느릿 품위 있게 걸어오고 있었어요. 아주 용감무쌍했지요. 거인들은 기겁을 했어요. 꼬마 재봉사가 자기네들을 모조리 때려죽일까 봐 무서웠어요. 거인들은 꽁지가 빠지게 도망갔어요.

꼬마 재봉사는 계속 걸어갔어요. 앞만 보고 똑바로 갔지요. 한참을 가자, 어느 궁전에 이르렀어요. 꼬마 재봉사는 피곤해서 풀밭에 누워 잠이 들었어요. 꼬마 재봉사가 잠들어 있는 동안 사람들이 와서 꼬마 재봉사를 이 구석 저 구석 샅샅이 살펴보았어요. 사람들은 꼬마 재봉사의 허리띠에 수놓인 '한 방에 일곱 녀석'을 보았어요.

"아, 평화로운 이곳에서 이 위대한 전쟁 용사는 뭘 하려는 거지? 이분은 틀림없이 세력을 쥐고 있는 귀족일 거야."

사람들이 말했어요.

사람들은 임금님에게 가서 이 사실을 알렸어요. 그러고는 만일 전쟁이 일어날 경우, 그 사람은 쓸모 있는 사람일 테니 무슨 수를 써서라도 붙잡아 두어야 한다고 했어요. 사람들의 충고는 임금님 마음에 쏙 들었어요. 그래서 임금님은 신하 한 명을 보내 꼬마 재봉사가 잠에서 깨어나면, 전쟁이 날 경우 군인이 되어 달라는 말을 전하라고 했어요.

신하는 잠자는 사람 옆에 서서 그 사람이 늘어지게 기지개를 켜며 눈을 뜰 때까지 기다렸어요. 마침내 신하는 임금님의 뜻을 전했어요.

"바로 그 이유로 내가 여기에 온 겁니다. 나는 임금님을 위해 일할 만반의 준비를 했습니다."

꼬마 재봉사가 대답했어요.

꼬마 재봉사는 극진한 대접을 받고 특별한 집도 한 채 얻었어요.

하지만 군인들은 꼬마 재봉사를 귀찮게 굴면서 꼬마 재봉사가 멀리멀리 가 버리기를 바랐어요.

"그 사람이 있으면 앞으로 어떻게 될까? 우리가 그 자와 싸우게 되면, 그 자는 우리를 때리려고 덤벼들 거야. 그럼 한 방에 일곱 명씩 죽겠지. 우리 같은 사람은 하나도 버티지 못할 거야."

병사들은 자기네끼리 말했어요.

병사들은 결정을 내리고 임금님에게 함께 가서 병사로 그만 근무하게 해 달라고 부탁했어요.

"저희는 한 방에 일곱 명씩 해치우는 사람 옆에서 버텨 낼 재간이 없습니다."

병사들이 말했어요.

임금님은 그 한 사람 때문에 충성스러운 신하들을 모두 잃게 되어 슬펐어요. 임금님은 그 자를 두 번 다시 보고 싶지 않았어요. 마음 같아서는 어디 먼 데로 보내고 싶었지요. 하지만 임금님은 감히 그 자에게 일을 그만두라고 말할 엄두가 나지 않았어요. 왜냐하면 그 자가 자신은 물론 자신의 백성들까지 모조리 때려죽인 다음, 옥좌에 오를까 봐 두려웠기 때문이에요.

임금님은 오랫동안 이 궁리 저 궁리를 했어요. 마침내 임금님은 묘안이 떠올랐어요. 임금님은 꼬마 재봉사에게 사람을 보내 꼬마 재봉사가 매우 위대한 전쟁 용사이므로 꼬마 재봉사에게 한 가지 제안을 하겠다고 전했어요. 임금님 나라의 어떤 숲 속에는 거인 둘이 살고 있었어요. 그런데 그 거인들은 도둑질, 살인, 크고 작은 방화로 엄청난 피해를 끼치고 있었지요. 목숨을 잃을 각오 없이는 아무도 그 거인들에게 다가갈 수가 없었어요. 임금님이 보낸 사람은 꼬마 재봉사가 이 두 거인을 물리쳐 죽이면, 임금님은 꼬마 재봉사에게 하나밖에 없는 외동딸을 아내로 주고, 나라의 절반을 결혼 지참금으로 하사할 것이라고 말했어요. 또한 기사 백 명도 함께 가서 꼬마 재봉사를 도와줄 것이라고 했지요.

'나 같은 사람한테 딱 맞는 일이네. 예쁜 공주님과 왕국의 절반을 준다는 제안은 아무 때나 받는 게 아니지.'

꼬마 재봉사는 생각했어요.

"좋습니다. 제가 그 거인들을 꼼짝 못하게 만들겠습니다. 하지만 기사 백 명은 필요 없습니다. 한 방에 일곱 녀석을 해치우는 사람은 두 명쯤은 겁을 낼 필요도 없습니다."

꼬마 재봉사가 대답했어요.

꼬마 재봉사는 길을 떠났어요. 기사 백 명은 꼬마 재봉사의 뒤를 따랐지요.

숲 가장자리에 이르자, 꼬마 재봉사는 기사들에게 말했어요.
"여기서 기다리세요. 혼자서 거인들을 해치우고 싶습니다."

꼬마 재봉사는 숲 속으로 폴짝 뛰어들어가 좌우를 쓱 둘러보았어요. 그러고는 잠시 동안 두 거인을 바라보았어요. 거인들은 나무 밑에서 잠을 자고 있었어요. 어찌나 드르렁드르렁 코를 골아 대던지 굵은 나뭇가지들이 위아래로 휘청휘청 휘었지요. 꼬마 재봉사는 잽싸게 돌멩이를 주워 양쪽 호주머니에 가득 쑤셔 넣고는 나무 위로 올라갔어요. 나무 중간쯤 올라가다가 굵은 나뭇가지 위로 쪼르르 미끄럼을 타고 쿨쿨 잠을 자고 있는 거인들 바로 위까지 내려왔지요.

꼬마 재봉사는 한 거인의 가슴에 돌멩이를 하나씩 톡톡 떨어뜨렸어요. 한참이 지나도 거인은 아무것도 알아차리지 못했어요.

하지만 마침내 잠에서 깨어나 자신의 친구를 툭 치며 말했어요.

"왜 때려?"
"꿈을 꿨나 보네. 난 안 때렸어."
다른 거인이 말했어요.

두 거인은 다시 잠을 자려고 누웠어요. 그러자 꼬마 재봉사가 두 번째 거인에게 돌멩이 한 개를 또 던졌어요.

"이게 무슨 짓이야? 왜 돌을 던져?"
두 번째 거인이 외쳤어요.
"나, 너한테 돌 안 던졌어."

첫 번째 거인이 대답했어요.

첫 번째 거인은 계속 꿍얼거렸어요.

두 거인은 잠시 동안 티격태격 말다툼을 했어요. 하지만 피곤했기 때문에 그냥 넘어가기로 했어요. 거인들의 눈이 다시 사르르 감겼어요. 그러자 꼬마 재봉사는 또다시 장난을 쳤어요. 꼬마 재봉사는 가장 커다란 돌멩이를 골라 첫 번째 거인의 가슴에 힘껏 집어던졌어요.

"정말 못됐군!"

첫 번째 거인이 버럭 소리를 질렀어요.

첫 번째 거인은 미친 사람처럼 벌떡 일어나 자기 친구를 나무에 홱 밀쳤어요. 나무가 부르르 흔들렸지요. 두 번째 거인도 똑같이 했어요. 거인들은 화가 머리끝까지 나서 나무를 뿌리째 뽑아 들고 한참 동안 치고받고 싸웠어요. 결국 거인들은 땅바닥에 쿵 쓰러져 죽고 말았어요.

그러자 꼬마 재봉사가 팔짝 뛰어내려와 말했어요.

"내가 앉아 있는 나무를 뽑지 않아서 천만다행이야. 만일 그랬다면 다람쥐처럼 다른 나무로 팔짝 뛰어올라야 했을 테니까 말이야. 하지만 뭐, 우리 같은 사람은 날쌔니까!"

꼬마 재봉사는 자신의 칼을 뽑아 거인들의 가슴을 몇 차례 힘껏 찔렀어요.

그런 다음 숲 밖으로 나가 기사들에게 말했어요.

"무사히 일을 끝냈습니다. 거인들을 모두 죽여 버렸습니다. 하지만 참으로 힘든 싸움이었습니다. 궁지에 몰려 마음이 다급

해진 거인들은 나무 여러 그루를 뿌리 채 뽑아 들고 맞섰지요. 하지만 한 방에 일곱 녀석을 해치우는 나 같은 사람한테는 아무 소용없습니다."

"부상을 입지는 않으셨습니까?"

기사들이 물었어요.

"일이 잘 풀렸습니다. 거인들은 내 머리카락 하나 건드리지 못했지요."

재봉사가 대답했어요.

기사들은 꼬마 재봉사의 말을 믿을 수가 없었어요. 그래서 말을 타고 숲 속으로 들어갔어요. 그곳에서 기사들은 거인들이 자신들의 피로 이루어진 피바다에 둥둥 떠다니고 있는 것을 발견했어요. 그리고 그 주위에는 뿌리째 뽑힌 나무들이 여기저기 널려 있었어요.

꼬마 재봉사는 임금님에게 약속한 대로 상을 내려 달라고 했어요. 하지만 임금님은 약속한 것을 후회했어요. 그래서 어떻게 하면 용사를 떼어 버릴 수 있을까 하고 또다시 곰곰이 생각했어요.

"내 딸과 내 왕국의 절반을 얻으려면 너는 무공을 하나 더 세워야 하느니라. 숲 속에 엄청난 피해를 끼치는 외뿔 짐승(*유니콘. 인도와 유럽의 전설상의 동물.) 한 마리가 뛰어다니고 있다. 너는 우선 그 일각수를 잡아야 하느니라."

임금님이 꼬마 재봉사에게 말했어요.

"거인 둘에 비하면 일각수는 하나도 무섭지 않습니다. 한 방에 일곱 녀석, 그게 제가 하는 일이니까요."

꼬마 재봉사가 말했어요.

꼬마 재봉사는 밧줄과 도끼를 들고 숲 속으로 들어갔어요. 이번에도 꼬마 재봉사는 임금님이 보낸 기사들에게 숲 바깥에서 기다리라고 명령했어요. 꼬마 재봉사는 오랫동안 일각수를 찾을 필요도 없었어요. 얼마 지나지 않아 일각수가 다가오더니 뾰족한 뿔로 찌르려는 듯이 꼬마 재봉사에게 후닥닥 달려왔어요.

"침착하게 천천히 해야지. 그렇게 서두르면 안 된다니까."

꼬마 재봉사가 말했어요.

꼬마 재봉사는 가만히 서서 그 짐승이 바싹 다가올 때까지 기다렸어요. 그러고는 잽싸게 나무 뒤로 폴짝 뛰어갔어요. 일각수는 온 힘을 다해 나무로 달려와 뿔로 나무 밑동을 힘차게 들이받았어요. 뿔이 어찌나 깊숙이 박혔던지 일각수는 아무리 용을 써도 뿔을 다시 빼낼 수가 없었어요. 이렇게 해서 일각수는 잡히고 말았지요.

"꼼짝없이 잡혔군."

꼬마 재봉사가 말했어요.

꼬마 재봉사는 나무 뒤에서 나와 일각수의 목에 밧줄을 두른 다음, 도끼로 나무를 찍어 나무에 박힌 뿔을 빼냈어요. 모든 일이 해결되자, 꼬마 재봉사는 그 짐승을 끌고 임금님에게 갔어요.

임금님은 이번에도 꼬마 재봉사에게 약속한 상을 주고 싶지 않았어요. 그래서 임금님은 세 번째 요구 사항을 내놓았어요.

결혼식을 올리기 전에 숲 속에서 엄청난 해를 끼치는 멧돼지 한 마리를 잡아 임금님에게 갖고 오라고 한 거예요. 사냥꾼들이 꼬마 재봉사를 도와주기로 했어요.

"그렇게 하겠습니다. 그런 것쯤이야 식은 죽 먹기죠."

꼬마 재봉사가 말했어요.

꼬마 재봉사는 사냥꾼들을 숲에 데려가지 않았어요. 사냥꾼들은 한시름 놓았어요. 멧돼지한테 여러 차례 호되게 당했거든요. 사냥꾼들은 멧돼지 뒤를 쫓고 싶지 않았어요.

멧돼지는 재봉사를 보자, 입에 거품을 버글버글 물고 뾰족하게 간 이빨을 드러낸 채 후닥닥 달려들어 꼬마 재봉사를 땅바닥에 패대기치려고 했어요. 하지만 몸이 날쌘 용사는 가까이 있는 어느 작은 예배당 안으로 뛰어들어갔어요. 그러고는 곧바로 예배당 위쪽에 있는 창문으로 껑충 뛰어올라 밖으로 나왔어요. 멧돼지는 꼬마 재봉사의 뒤를 따라 예배당 안으로 들어갔어요. 하지만 꼬마 재봉사는 예배당 밖에서 깡충깡충 뛰어다니다가 예배당의 문을 쾅 닫아 버렸어요. 화가 나서 씩씩거리던 멧돼지는 그 안에 꼼짝없이 잡히고 말았어요. 멧돼지는 창문으로 뛰어올라 밖으로 나가기에는 몸집이 너무 무겁고 둔했지요.

꼬마 재봉사는 사냥꾼들을 불러 사로잡힌 짐승을 직접 눈으로 보라고 했어요. 그 용사는 임금님에게 갔어요. 이제 임금님은 싫든 좋든 약속을 지켜야 했어요. 그래서 그 용사에게 자신의 딸과 왕국의 절반을 주었어요. 자기 앞에 서 있는 사람이 전쟁 용사가 아니라 꼬마 재봉사라는 사실을 알았더라면, 임금님은 가슴이 더 미어졌을 거예요. 결혼식은 성대하게 치러졌지만 사람들은 별로 즐거워하지 않았어요. 꼬마 재봉사는 임금님이 되었어요.

얼마 뒤, 나이 어린 공주는 남편이 밤에 잠꼬대를 웅얼거리는 소리를 들었어요.

"이 녀석아, 조끼를 짓고, 바지를 기워. 안 그랬다가는 따귀를 갈길 거다."

공주는 그 젊은 임금님이 가장 낮은 계층의 사람이라는 것을 알아차렸어요. 이튿날 아침, 공주는 임금님에게 자신의 괴로움을 하소연하고, 꼬마 재봉사에 불과한 남편에게서 벗어날 수 있도록 도와달라고 사정했어요.

"오늘 밤, 침실 문을 열어 두거라. 내 신하들이 밖에서 지켜볼 것이다. 그 자가 잠이 들면, 방에 들어가서 그 녀석을 꽁꽁 묶은 다음 배로 옮길 것이다. 배는 그 녀석을 태우고 세상 저 멀리 갈 것이다."

임금님은 딸을 위로하며 말했어요.

공주는 만족스러워했어요. 하지만 그 이야기를 처음부터 끝까지 무심코 듣게 된 임금님의 무기 담당자는 젊은 임금님에게 가서 임금님의 계획을 모두 고자질했어요. 그 젊은 임금님을 무척 좋아했기 때문이에요.

"그 일이 일어나지 못하게 막아야겠군."

꼬마 재봉사가 말했어요.

저녁이 되자, 꼬마 재봉사는 여느 때와 같은 시간에 아내와 함께 잠자리에 들었어요. 남편이 잠들었다고 여긴 공주는 살그머니 일어나 문을 열어 놓고는 다시 자리에 누웠어요.

그러자 잠을 자는 척하던 꼬마 재봉사는 또랑또랑한 목소리로 외치기 시작했어요.

"꼬마야, 조끼를 짓고, 바지를 기워. 안 그러면 재단자로 따귀를 갈길 거다! 나는 한 방에 일곱 녀석을 해치웠고, 거인 둘을 죽였고, 일각수를 끌고 갔고, 멧돼지도 잡았어. 그런 내가 이 방 앞에 서 있는 자들을 두려워하겠는가!"

문밖에 있다 꼬마 재봉사가 하는 말을 들은 사람들은 겁에 질려 냉큼 줄행랑을 쳤어요. 마치 뒤에서 사나운 군대가 우르르 떼를 지어 쫓아오는 것처럼요. 그 뒤로는 아무도 감히 꼬마 재봉사에게 대들지 못했어요. 꼬마 재봉사는 평생토록 임금님으로 살았어요.

브레멘시에 고용된 악사들
'브레멘 음악대'로 널리 알려졌지만, 원제목은 위와 같아요.

어떤 남자가 당나귀 한 마리를 가지고 있었어요. 당나귀는 오랜 세월 지치지도 않고 언제나 기꺼운 마음으로 곡식 자루를 물방앗간으로 날라 주었어요. 하지만 이제 당나귀는 힘이 거의 없었어요. 당나귀는 점점 쓸모가 없어졌지요. 그러자 당나귀의 주인은 당나귀에게 먹이를 주지 말아야겠다고 생각했어요. 당나귀는 분위기가 심상치 않다는 것을 눈치채고는 그 집에서 도망을 쳐 브레멘을 향해 길을 떠났어요. 당나귀는 그곳에서 악사로 일할 수 있겠다고 생각했어요. 얼마쯤 가다가 당나귀는 사냥개 한 마리가 길가에 쭈그리고 앉아 있는 것을 발견했어요. 사냥개는 달리다가 지쳤는지 헐떡거리고 있었어요.

"용감무쌍한 멍멍아, 왜 그렇게 헐떡거리니?"

당나귀가 물었어요.

"아, 내가 늙은 데다 하루하루 날이 갈수록 기운이 없어지고, 사냥도 다니지 못하니까 주인님이 나를 때려죽이려고 했어. 그래서 도망쳤어. 하지만 무슨 일을 해서 먹고 살아야 하지?"

개가 말했어요.

"난 말이야, 브레멘으로 가서 악사가 될 거야. 너도 나랑 함께 가서 음악을 연주하자. 내가 류트(*16~18세기에 유럽에서 널리 유행했던, 현을 퉁겨 소리를 내는 악기.)를 연주할 테니까 너는 팀파니(*구리로 만든 반구형의 몸체 위에 쇠가죽을 댄 북.)를 여러 개 치렴."

당나귀가 말했어요.

개는 그 말을 듣고 기분이 좋아졌어요. 둘은 계속 걸어갔어요. 얼마쯤 가자, 고양이 한 마리가 길가에 앉아 있었어요. 사흘 내리 비 오는 날씨 같은 얼굴을 하고 있었지요.

"이발사 할아버지, 일이 뜻대로 잘 안 되니?"

당나귀가 말했어요.

"목숨이 왔다 갔다 하는데 어떻게 기분 좋을 수가 있겠니? 나이를 많이 먹어서 이도 무뎌지고, 이리저리 돌아다니며 생쥐를 사냥하는 것보다 난로 뒤에 앉아서 이런저런 공상을 하는 걸 좋아하니까 주인 아줌마가 나를 물에 빠뜨려 죽이려고 했어. 도망쳐

브레멘시에 고용된 악사들 155

나오기는 했지만 앞이 깜깜해. 나, 어디로 가야 하지?"

고양이가 대꾸했어요.

"우리랑 함께 브레멘으로 가자. 너는 세레나데(*저녁 음악이라는 뜻으로, 밤에 사랑하는 사람의 집 창가에서 부르거나 연주하던 사랑의 노래.)를 잘 알잖아. 그러니까 너는 브레멘시 악사가 될 수 있을 거야."

당나귀가 말했어요.

고양이는 그렇게 하는 게 좋을 것 같았어요. 그래서 함께 갔어요. 얼마쯤 가자, 집에서 뛰쳐나온 세 도망자들은 어느 농가를 지나가게 되었어요. 대문 위에 수탉 한 마리가 앉아서 목청이 찢어져라 소리를 지르고 있었어요.

"네 고함 소리에 내 귀청이 다 찢어지겠다. 무슨 짓을 하려는 거야?"

당나귀가 말했어요.

"내일 날씨가 좋을 거라고 예언했어. 하지만 주인아줌마는 일요일인 내일 손님들이 온다면서 여자 요리사에게 나를 수프로 만들어 먹고 싶다고 했단다. 인정머리도 없지. 오늘 저녁에 내 목이 잘리게 생겼어. 그래서 목청껏 소리를 지르고 있는 거야."

수탉이 말했어요.

"나 참, 빨간 머리야! 그러지 말고 우리랑 함께 떠나자. 우리는 브레멘으로 가는 길이야. 어딜 가도 죽지는 않을 거야. 넌 목소리가 좋아. 우리가 함께 연주하면 참 독특할 거야."

당나귀가 말했어요.

수탉은 그 제안을 따르기로 했어요. 그들 넷은 함께 길을 떠났어요.

하지만 하루 만에 브레멘시에 닿을 수는 없었지요. 저녁 무렵, 그들 넷은 어느 숲에 이르렀어요. 네 친구는 그곳에서 하룻밤을 묵기로 했어요. 당나귀와 개는 어느 커다란 나무 밑에 누웠고, 고양이와 수탉은 굵은 나뭇가지들 사이로 올라갔어요. 하지만 수탉은 나무 꼭대기로 푸드득 날아 올라갔어요. 그곳이 제일 안전하게 느껴졌기 때문이에요. 수탉은 잠들기 전에 한 번 더 사방을 쓱 둘러보았어요. 그런데 작은 불꽃 한 개가 포르르 타오르고 있는 것 같았어요. 수탉은 친구들에게 한 줄기 불빛이 비치고 있으니 멀지 않은 곳에 집이 있는 게 분명하다고 외쳤어요.

"자, 그럼 여기를 떠나 모두 그곳으로 가자. 여기 숙소는 안 좋으니까."

당나귀가 말했어요.

개는 뼈다귀 두서너 개만 먹을 수 있으면 참 좋겠다, 하고 생각했어요. 뼈다귀에 고기가 조금 붙어 있으면 더 좋고요. 네 친구는 불빛이 비치는 곳을 향해 발걸음을 옮겼어요. 얼마 가지 않아 밝은 빛이 흘러나오는 것이 보였어요. 환하게 불을 밝힌 도둑들의 집에 다가갈수록 불빛은 점점 더 커졌어요. 몸집이 가장 큰 당나귀가 창문 가까이 다가가 안을 들여다보았어요.

"잿빛 말아, 뭐가 보이니?"

수탉이 물었어요.

"뭐가 보이냐고? 먹음직스러운 음식과 술이 식탁에 차려져 있어. 도둑들이 식탁에 둘러앉아 신나게 먹고 있어."

당나귀가 대꾸했어요.

"그거 우리가 먹어야 하는 건데."

수탉이 말했어요.

"그러게 말이야. 아, 저 안에 우리가 있으면 얼마나 좋을까!"

당나귀가 말했어요.

동물들은 도둑들을 내쫓으려면 제일 먼저 무슨 일을 해야 할지 상의했어요. 그리고 마침내 좋은 방법을 하나 생각해 냈어요. 당나귀는 두 앞발을 창문에 대고 서 있기로 했어요. 개는 당나귀의 등 위로 뛰어 올라가고, 고양이는 개 위로 기어 올라가는 것이지요. 그렇게 한 뒤, 마지막으로 수탉이 푸드덕 날아올라 고양이의 머리 위에 앉았어요.

네 친구는 신호에 따라 일제히 음악을 연주하기 시작했어요. 당나귀는 히힝히힝 고함을 지르고, 개는 멍멍 짖고, 고양이는 야옹야옹 울고, 수탉은 꼬끼오꼬끼오 울었어요. 그러고는 와장창 유리창을 깨부수고 방안으로 우르르 뛰어들어갔어요. 도둑들은 엄청난 고함 소리에 벌떡 일어섰어요. 방 안에 귀신이 들어온 줄 알고 잔뜩 겁을 먹은 채 꽁지가 빠지게 숲 속으로 달아났지요.

네 친구는 식탁에 앉아 도둑들이 먹다 남긴 음식을 먹었어요. 그래도 만족했지요. 모두들 한 달 동안 쫄쫄 굶은 것처럼 아귀아귀 먹었지요.

네 악사로 이루어진 악대는 식사를 마친 뒤, 불을 끄고 각자 타고난 본성대로 편안한 잠자리를 찾았어요. 당나귀는 두엄 더미 위에 몸을 뉘였고, 개는 문 뒤에, 고양이는 따뜻한 잿더미 옆 아궁이 위에 누웠어요. 그리고 수탉은 서까래를 받치는 도리(* 서까래를 받치기 위하여 기둥 위에 건너지르는 나무.) 위에 앉았어요. 네 친구는 먼 길을 걸어온 탓에 피곤했어요. 모두 금세 잠이 들었지요.

자정이 지나 도둑들이 멀리서 바라보니 자기네 집에 불이 꺼져 있었어요. 집 안은 조용한 것 같았어요.

"겁먹을 필요 없었는데."

대장이 말했어요.

대장은 한 부하에게 집에 가서 살펴보라고 했어요. 부하가 가 보니 그 집은 쥐 죽은 듯 고요했어요. 그 도둑은 불을 켜려고 부엌으로 갔어요. 도둑은 불같이 이글이글 타오르는 고양이의 두 눈을 보고 불붙은 석탄인 줄 알고 불을 붙이려고 성냥개비를 거기다 갖다 댔어요. 하지만 고양이에게 그런 장난이 통할 리 없었지요. 고양이는 도둑의 얼굴에 홱 뛰어올라 침을 퉤퉤 뱉고 할퀴었어요. 그러자 도둑은 기겁을

하고 냅다 뛰었어요. 뒷문으로 나갈 생각이었지요. 하지만 거기 누워 있던 개가 펄쩍 뛰어올라 도둑의 다리를 꽉 물었어요. 도둑이 마당 한쪽에 있는 두엄 더미 옆을 달려가자, 당나귀가 뒷발로 도둑을 힘껏 걷어찼어요. 그러자 시끄러운 소리에 잠에서 깨 정신을 차린 수탉이 도리 위에서 고함을 질렀어요.

"꼬끼오꼬끼오!"

도둑은 걸음아, 나 살려라 하고 대장에게 달려가 말했어요.

"아, 그 집에는 소름이 쫙 끼치는 마녀가 앉아 있어요. 마녀가 저한테 입김을 훅 불고, 기다란 손가락으로 제 얼굴을 할퀴어서 생채기를 냈어요. 또 문 앞에는 한 남자가 칼을 들고 있다가 제 다리를 쿡 찔렀어요. 마당에는 시꺼먼 괴물이 누워 있었고요. 괴물은 짤막한 나무 몽둥이로 저를 마구 팼어요. 그리고 지붕 위에는 재판관이 앉아 있었어요. 재판관은 버럭버럭 고함을 질러 댔어요. '저 못된 놈을 잡아 오너라.' 하고요. 그래서 저는 부리나케 도망쳤어요."

그 뒤로 도둑들은 두 번 다시 그 집에 갈 엄두가 나지 않았어요. 하지만 브레멘시의 네 악사는 그 집이 마음에 쏙 들었어요. 그래서 집 밖으로 나가고 싶은 생각이 조금도 없었지요.

이 이야기를 가장 최근에 들려준 사람의 입은 아직도 따스하답니다.

라푼첼

 옛날 옛적에 어떤 부부가 살고 있었어요. 오래전부터 두 사람은 아기가 하나 있었으면 했어요. 하지만 아기는 생기지 않았어요. 그런데 아내는 하느님이 소원을 들어줄 것 같다는 희망에 부풀었어요. 그 부부가 사는 집 뒤채에는 작은 창문이 하나 나 있었어요. 창 너머로는 이루 말할 수 없이 아름다운 꽃과 양배추가 그득한 멋진 정원이 보였어요. 하지만 정원은 높다란 담에 둘러싸여 있었지요. 그래서 아무도 그 안으로 들어가 볼 엄두를 내지 않았답니다. 그 정원은 위력이 대단하고, 온 세상이 두려워하는 마녀의 것이었거든요.

 어느 날 부인은 창가에 서서 그 정원을 내려다보고 있었어요. 무척이나 탐스러운 들상추가 심어진 화단이 부인의 눈에 들어왔어요. 들상추가 어찌나 싱그러운 녹색이 감돌고 싱싱해 보이던지 부인은 들상추를 먹고 싶은 마음이 간절했어요.

들상추를 먹고 싶은 마음은 날이 갈수록 점점 더했어요. 하지만 부인은 자신이 바라는 대로 할 수 없다는 것을 잘 알고 있었기 때문에 몰라보게 여위고, 얼굴이 핼쑥해지고, 쇠약해 보였어요.

그러자 남편은 기겁을 하며 물었어요.

"여보, 어디 아파요?"

"아, 우리 집 뒤에 있는 정원의 들상추를 못 먹으면, 죽을 것 같아요."

부인이 대답했어요.

아내를 사랑했던 남편은 생각했어요.

'아내가 죽게 놔둘 순 없지. 어떤 대가를 치르더라도 들상추를 꼭 갖다주자.'

해가 저물 무렵, 남편은 담을 넘어 마녀의 정원으로 갔어요. 그러고는 부리나케 들상추를 한 움큼 뜯어 아내에게 갖다주었지요. 아내는 곧바로 들상추로 샐러드를 만들어 허겁지겁 먹었어요. 들상추가 어찌나 맛있던지 그 다음날엔 세 배나 더 먹고 싶었지요.

아내가 마음의 평화를 얻기 위해서는 남편이 또다시 담을 뛰어 넘어 마녀의 정원에 기어들어가야 했어요. 남편은 해질녘에 담을 타고 내려갔어요. 하지만 담에서 내려와 소스라치게 놀랐어요. 자기 앞에 마녀가 떡 버티고 서 있었거든요.

마녀는 잔뜩 화가 난 눈초리로 말했어요.

"어떻게 감히 내 정원에 들어와 들상추를 도둑질할 생각을 한 거지? 너한테 안 좋은 일이 일어날 줄 알아."

"아, 좀 너그럽게 봐주세요. 정말 어쩔 수가 없었어요. 집사람이 창문 너머로 마녀님의 들상추를 보고 얼마나 먹고 싶어 하던지, 들상추를 먹지 않으면 죽을 것 같다고 했어요."

남편이 대답했어요.

그러자 마녀는 조금 화가 풀린 얼굴로 말했어요.

"사정이 그렇다면 들상추를 얼마든지 가져가. 내, 허락하지. 하지만 조건이 하나 있어. 네 아내가 아기를 낳으면 내게 줘야 해. 아기는 잘 자랄 거야. 내가 친엄마처럼 돌봐 줄 테니까."

덜컥 겁이 난 그 남자는 그러겠다고 했어요.

아내가 아기를 낳자, 곧바로 마녀가 나타났어요. 그러고는 아기에게 '라푼첼'(*독일어로 들상추를 뜻함.)이라는 이름을 지어 주고 아기를 데려갔어요.

라푼첼은 이 세상에서 가장 예쁜 아이로 자라났어요. 라푼첼이 열두 살이 되자, 마녀는 라푼첼을 숲 속에 있는 탑에 가두었어요. 이 탑에는 계단도 문도 없었고, 맨 꼭대기에 작은 창문 한 개만 있었어요.

마녀는 탑 안으로 들어가고 싶으면, 그 앞에 서서 이렇게 외쳤어요.

**"라푼첼, 라푼첼,
머리채를 늘어뜨려."**

라푼첼은 눈부시게 아름답고 긴 머리카락을 갖고 있었어요. 금실처럼 고왔지요. 라푼첼은 마녀의 목소리를 들으면, 땋은 머리를 풀어 창문 꺽쇠에 돌돌 말았어요. 그러면 머리채가 탑 아래로 길게 늘어뜨려졌어요. 깊이가 20엘렌(*독일의 옛 치수 이름. 1엘렌은 60~80cm.)이나 되었지요. 마녀는 머리채를 타고 올라갔어요.

몇 년 뒤, 왕자가 말을 타고 숲 속을 가로질러 가다가 탑 옆을 지나가게 되었어요. 그런데 어디선가 너무나도 사랑스러운 노랫소리가 들려왔어요. 왕자는 멈추어 서서 귀를 기울였어요. 그건 바로 라푼첼이 부르는 노래였어요. 라푼첼은 외로움을 느낄 때면, 노래를 불러 자신의 달콤한 목소리를 숲 속에 울려 퍼지게 하며 시간을 보냈지요.

왕자는 라푼첼이 있는 곳으로 올라가고 싶어서 탑의 문을 찾

앉어요. 하지만 문은 어디에도 없었어요. 왕자는 할 수 없이 말을 타고 궁전으로 돌아왔어요. 하지만 그 노랫소리에 깊이 감동을 받은 왕자는 날이면 날마다 숲 속으로 가서 그 노랫소리를 귀 기울여 들었어요. 한 번은 왕자가 어떤 나무 뒤에 서 있었어요. 마녀가 탑 가까이 다가가는 게 보였지요.

마녀는 탑 위를 올려다보며 외쳤어요.

**"라푼첼, 라푼첼,
머리채를 늘어뜨려."**

그러자 라푼첼은 쫑쫑 땋은 머리를 늘어뜨렸어요. 마녀는 그걸 타고 라푼첼이 있는 곳으로 올라갔어요.

"저게 위로 올라가는 사다리구나. 나도 한번 행운을 시험해 보자."

왕자가 말했어요.

이튿날 날이 어둑어둑해지자, 왕자는 탑으로 가서 외쳤어요.

**"라푼첼, 라푼첼,
머리채를 늘어뜨려."**

그 말이 끝나기가 무섭게 머리채가 주르르 내려왔어요. 왕자는 그걸 타고 탑 위로 올라갔어요.

남자가 다가오자, 라푼첼은 소스라치게 놀랐어요. 태어나서 지금껏 남자를 본 적이 없었거든요. 하지만 왕자는 라푼첼과 무척이나 다정하게 이야기를 나누기 시작했어요. 왕자는 라푼첼의 노랫소리를 듣고 매우 감동을 받아 마음을 진정시키지 못했기 때문에 라푼첼을 꼭 한번 만나 보고 싶었다고 했어요. 그러자 라푼첼은 두려운 마음이 사라졌어요. 왕자는 라푼첼에게 자신을 남편으로 맞아들일 생각이 있냐고 물었어요. 라푼첼이 보기에 왕자는 젊고 잘생긴 사람이었어요.

'왕자님은 그 늙은 고텔 부인보다 날 더 사랑해 주겠다.'

라푼첼은 생각했어요.

라푼첼은 "예." 하고 대답했어요. 그러고는 왕자의 손에 자신의 손을 올려놓았어요.

"왕자님과 함께 갈게요. 하지만 탑 아래로 어떻게 내려가야 할지 저는 몰라요. 왕자님이 이곳에 올 때마다 비단실을 한 타래씩 갖다주세요. 그럼 내가 그걸 꼬아서 사다리를 만들게요. 사다리가 다 만들어지면, 내가 그걸 타고 아래로 내려갈게요. 그럼 나를 왕자님 말 위에 태워 주세요."

라푼첼이 말했어요.

그때까지는 왕자가 매일 저녁에 오기로 두 사람은 약속했어요. 낮에는 마녀 할머니가 왔거든요. 마녀는 두 사람이 약속한 사실을 몰랐어요.

하지만 어느 날, 라푼첼이 자신에게 하는 말을 듣고 알게 되었지요.

라푼첼이 이렇게 말한 거예요.

라푼첼

"고텔 할머니, 할머니는 왜 왕자님보다 훨씬 더 무거운 건지 말 좀 해 주세요. 왕자님은 눈 깜짝할 새 올라와 내 곁에 있거든요."

마녀는 버럭 고함을 질렀어요.

"아, 요런 못된 것 같으니라고. 아니, 그게 무슨 소리야? 난 너를 이 세상의 모든 것들로부터 완전히 떼어 놓았다고 생각했는데, 네가 날 속였구나!"

마녀는 불같이 화를 내며 라푼첼의 아름다운 머리채를 꽉 움켜잡았어요. 그러고는 왼손에다 몇 번 친친 감고, 오른손으로 가위를 집더니 싹둑싹둑 잘라 버렸어요. 쫑쫑 땋은 탐스러운 머리는 땅바닥에 툭 떨어졌어요. 인정머리 없는 마녀는 불쌍한 라푼첼을 어느 거친 들판으로 데려갔어요. 그곳에서 라푼첼은 이루 말할 수 없이 비참하게 살았어요.

라푼첼을 쫓아낸 그날 저녁, 마녀는 가위로 싹둑 잘라 놓은 라푼첼의 머리채를 창문 꺽쇠에 단단히 묶어 놓았어요.

왕자가 와서 외쳤어요.

**"라푼첼, 라푼첼,
머리채를 늘어뜨려."**

마녀는 머리채를 아래로 내려뜨렸어요. 왕자는 탑 위로 올라갔어요. 하지만 그곳에 왕자가 그토록 사랑하는 라푼첼은 보이지 않았어요. 대신 마녀가 사악하고, 독기 그득한 눈빛으로 왕자를 쏘아보고 있었어요.

마녀는 비웃는 듯한 목소리로 외쳤어요.

"아, 최고 예쁜이 부인을 데리러 왔군. 하지만 그 예쁜 새는 이제 둥지에 없어. 노래도 하지 않지. 고양이가 데려갔거든. 그 고양이가 네 두 눈도 발톱으로 박박 긁어 뽑아 버릴 거다. 너는 라푼첼을 잃어버린 거야. 두 번 다시 그 애를 못 볼 거다."

왕자는 가슴이 아파 어쩔 줄 몰랐어요. 너무나도 낙심한 나머지 왕자는 탑 아래로 뛰어내렸어요. 목숨은 건졌지만, 떨어진 곳이 가시밭이라 그만 두 눈이 가시에 찔렸어요. 왕자는 눈이 먼 채로 숲 속을 이리저리 헤매고 다녔어요. 먹는 것이라곤 고작 뿌리와 산딸기뿐이었지요. 왕자는 사랑하는 아내를 잃은 슬픔에 그저 탄식하고 눈물만 흘렸어요.

그렇게 몇 해 동안 왕자는 비참한 모습으로 떠돌아다녔어요. 그러다가 마침내 라푼첼이 그동안 낳은 아들·딸 쌍둥이와 함께 겨우겨우 살고 있는 그 거친 들판에 오게 되었어요. 누군가의 목소리가 왕자의 귓가에 들려왔어요. 틀림없이 낯익은 목소리였지요. 왕자는 소리가 나는 쪽으로 다가갔어요. 라푼첼은 왕자를 알아보고는 목을 얼싸안고 엉엉 울었어요. 라푼첼의 눈물 두 방울이 왕자의 눈을 적시자, 왕자의 두 눈은 다시 맑아졌어요. 왕자는 예전처럼 다시 볼 수 있게 되었지요.

왕자는 라푼첼과 쌍둥이 아기를 데리고 자기 나라로 돌아갔어요. 그곳 사람들은 왕자를 반갑게 맞아 주었어요. 그들은 오래오래 행복하고 남부러울 것 없이 살았답니다.

오누이

오빠가 여동생의 손을 잡고 말했어요.

"엄마가 돌아가신 뒤로 한 시도 좋을 때가 없구나. 새엄마는 날마다 우리를 때리고, 우리가 다가가면, 발로 뻥뻥 차 버리지. 또 우리는 먹다 남은 딱딱한 빵 껍질만 먹어. 식탁 밑에 있는 강아지 신세가 우리보다 더 낫다니까. 새엄마는 강아지한테는 때때로 먹을 걸 듬뿍듬뿍 던져 주지. 하느님이 우리를 불쌍히 여기셔서 우리 엄마가 이 모든 사실을 알았으면! 자, 우리 함께 넓은 세상으로 나가자."

오누이는 온종일 풀밭과 들판과 자갈길을 지나갔어요.

비가 오면, 누이동생은 이렇게 말했어요.

"하느님하고 우리 마음이 똑같이 우네!"

저녁 무렵, 오누이는 어느 커다란 숲에 이르렀어요. 오누이는 너무 슬프고, 너무 배고프고, 너무 오래 걸어서 무척 피곤했어요. 오누이는 속이 텅 빈 어느 나무속에 앉아 소르르 잠이 들었어요.

이튿날 아침, 오누이가 잠에서 깨어나자 해는 이미 높이 떠 있었어요. 햇살이 나무속을 따갑게 비추고 있었어요.

"누이야, 나 목말라. 작은 샘물이 있는 곳을 알면, 가서 마실 텐데. 샘물이 졸졸 흐르는 소리가 들리는 것 같아."

오빠가 말했어요.

오빠는 자리에서 일어나 누이동생의 손을 잡았어요. 오누이는 샘물을 찾아 나섰어요. 하지만 사악한 새엄마는 마녀였기 때문에 두 아이가 집 나가는 것을 두 눈으로 똑똑히 보았어요. 새엄마는 마녀들이 보통 그러듯이 살그머니 아이들 뒤를 밟았어요. 그러고는 숲 속에 있는 모든 샘물에 마법을 걸었어요.

드디어 오누이는 작은 샘물을 발견했어요. 샘물은 말간 돌멩이들 위로 퐁퐁 솟아올랐지요. 오빠는 샘물을 마시려고 했어요. 하지만 누이동생은 샘물이 졸졸거리며 말하는 소리를 들었어요.

"내 물을 마시면 호랑이가 돼. 내 물을 마시면 호랑이가 돼."

"오빠, 제발 마시지 마. 이 샘물을 마시면, 오빠는 사나운 짐승으로 변해서 나를 갈기갈기 물어뜯을 거야."

누이동생이 외쳤어요.

오빠는 목이 엄청나게 말랐지만 샘물을 마시지 않았어요.

오누이

"다음 샘물을 찾아낼 때까지 참을게."

오빠가 말했어요.

오누이는 두 번째 샘물에 이르렀어요. 누이동생은 또다시 샘물이 말하는 소리를 들었어요.

"내 물을 마시면 늑대가 돼. 내 물을 마시면 늑대가 돼."

"오빠, 제발 물 마시지 마. 이 샘물을 마시면, 오빠는 늑대로 변해서 나를 잡아먹을 거야."

누이동생이 외쳤어요.

오빠는 물을 마시지 않았어요.

"다음 샘물을 찾아낼 때까지 참을게. 하지만 네가 뭐라고 하든 꼭 마실 거야. 나, 너무 목말라."

오빠가 말했어요.

오누이는 세 번째 샘물에 이르렀어요. 누이동생은 또다시 샘물이 졸졸거리며 말하는 소리를 들었어요.

"내 물을 마시면 노루가 돼. 내 물을 마시면 노루가 돼."

누이동생이 말했어요.

"아, 오빠, 제발 물 마시지 마. 이 샘물을 마시면, 오빠는 노루로 변해서 나만 두고 도망가 버릴 거야."

하지만 오빠는 얼른 샘물가에 무릎을 꿇고 몸을 굽혀 물을 마셨어요. 샘물 몇 방울이 입술에 닿자, 오빠는 어린 수노루로 변해 웅크리고 앉아 있었어요.

누이동생은 마법에 걸린 오빠가 불쌍해서 엉엉 울었어요. 어린 노루도 함께 울었어요. 어린 노루는 아주 슬픈 얼굴을 하고 누이동생 곁에 앉아 있었어요.

마침내 소녀가 말했어요.

"노루야, 울지 마. 나는 절대로 네 곁을 떠나지 않을게."

누이동생은 자신의 황금빛 양말대님을 풀어 노루의 목에 둘러 준 다음, 갈대를 꺾어 부드러운 끈을 짰어요. 그러고는 노루를 묶어 숲 속 깊이 끌고 갔어요.

오누이는 아주아주 오래 걸어갔어요. 마침내 작은 집 한 채가 나타났어요. 소녀는 집 안을 들여다보았어요. 오두막은 텅 비어 있었어요.

'우리, 여기서 살 수 있겠다.'

소녀는 이렇게 생각했어요.

소녀는 노루에게 포근한 잠자리를 만들어 주려고 나뭇잎과 이끼를 모았어요. 매일 아침, 소녀는 밖으로 나가 여러 가지 뿌리와 산딸기, 그리고 호두와 개암을 줍고, 노루에게는 보들보들한 풀을 가져다주었어요. 노루는 소녀의 손에서 풀을 받아먹으며 기뻐했어요. 그리고 소녀가 보는 앞에서 놀았어요.

저녁때가 되면, 누이동생은 피곤했어요. 기도를 마친 누이동생은 노루의 등 위에 머리를 올려놓았어요. 노루의 등이 누이동생의 베개였지요. 누이동생은 노루의 등 위에서 쌔근쌔근 잠이 들었어요. 오빠가 다시 사람의 모습으로 돌아오기만 한다면, 참으로 행복하게 살았을 거예요.

오누이는 한동안 그 거친 숲 속에서 단 둘이 지냈어요.

그러던 어느 날, 그 나라의 임금님이 숲 속으로 대규모 사냥

놀이를 갔어요. 나무들 사이로 소뿔로 만든 사냥용 나팔 소리, 개 짖는 소리, 사냥꾼들의 경쾌한 함성이 울려 퍼졌어요.

그 소리를 들은 노루는 사냥터로 너무너무 가고 싶었어요.

"아, 나, 사냥터로 보내 줘. 더는 못 참겠어."

노루가 동생에게 말했어요.

노루가 하도 졸라 대자, 누이동생은 결국 허락해 주었어요.

"하지만 저녁때는 집으로 돌아와. 무지막지한 사냥꾼들이 집 안에 들어오지 못하게 쪽문을 잠가 둘 거야. 그러니까 내가 알 수 있게 문을 두드리고 나서 이렇게 말해. '누이동생아, 나 좀 들여보내 줄래?' 하고 말이야. 그렇게 말하지 않으면, 문을 열어 주지 않을 거야."

누이동생이 노루에게 말했어요.

노루는 집 밖으로 껑충껑충 뛰어나갔어요. 숲으로 나온 노루는 얼마나 기분이 좋았는지 몰라요.

임금님과 임금님의 사냥꾼들은 그 아름다운 짐승을 보고, 재빨리 짐승의 뒤를 쫓았어요. 하지만 임금님과 사냥꾼들은 그 짐승을 따라잡을 수 없었어요. 확실히 잡았다, 싶으면 노루는 덤불 위로 껑충 뛰어 달아나 사라져 버렸지요.

날이 어두워지자, 노루는 오두막으로 달려와 문을 두드리며 말했어요.

"누이동생아, 나 좀 들여보내 줘."

그러자 쪽문이 열렸어요. 노루는 얼른 뛰어들어가 자신의 보들보들한 잠자리에서 밤새 푹 쉬었어요. 이튿날 아침, 또다시 사냥이 시작되었어요. 뿔 나팔 소리와 사냥꾼들의 '어이! 어이!' 소리가 또다시 들리자 노루는 안절부절못하고 이렇게 말했어요.

"누이동생아, 문 좀 열어 줘. 밖으로 나가야겠어."

누이동생은 문을 열어 주며 말했어요.

"하지만 저녁때는 돌아와서 나랑 약속한 대로 말해야 해."

임금님과 사냥꾼들은 황금빛 목줄을 목에 두른 어린 노루를 다시 보자, 모두 그 노루를 쫓았어요. 하지만 노루는 너무나도 빠르고 날쌨어요. 임금님과 사냥꾼들은 종일토록 노루를 쫓아다녔어요. 저녁이 되자, 마침내 사냥꾼들은 노루를 에워싸는 데 성공했어요. 한 사냥꾼이 쏜 화살에 한쪽 발이 조금 다친 노루는 절뚝거리며 느릿느릿 도망갔어요. 그러자 한 사냥꾼이 노루의 뒤를 살금살금 쫓아 오두막까지 왔어요. 사냥꾼은 노루가 외치는 소리를 들었어요.

"누이동생아, 들여보내 줘."

사냥꾼은 쪽문이 열렸다가 곧바로 다시 자물쇠가 채워지는 것을 보았어요. 사냥꾼은 그 모든 것을 잘 기억해 두었다가 임금님에게 가서 자신이 보고 들은 것을 전부 이야기했어요.

그러자 임금님이 말했어요.

"내일 사냥을 한 번 더 할 것이니라."

누이동생은 노루가 부상당한 것을 보고 소스라치게 놀랐어요.

누이동생은 피를 닦아 주고 여러 가지 약초를 붙여 준 다음,

이렇게 말했어요.

"노루야, 네 잠자리로 가렴. 그래야 상처가 아문단다."

하지만 상처는 아주 가벼웠기 때문에 다음날이 되자, 노루는 하나도 아프지 않았어요.

밖에서 사냥꾼들의 경쾌한 함성이 또 들리자, 노루가 말했어요.

"못 참겠어. 가야겠어. 나는 누구한테도 쉽게 잡히지 않아!"

"이번에는 그 사람들이 오빠를 죽일 거야. 그럼 나는 이 숲 속에 달랑 혼자 남게 돼. 오빠를 보내 줄 수 없어."

누이동생은 울면서 말했어요.

"그럼 난 너무 슬퍼서 여기서 죽고 말 거야. 뿔 나팔 소리를 들으면, 밖으로 뛰쳐나가야만 할 것 같단 말이야!"

노루가 대답했어요.

누이동생은 어쩔 수가 없었어요. 무거운 마음으로 문을 열어 주었지요. 그러자 노루는 신이 나서 숲 속으로 껑충껑충 뛰어갔어요. 완전히 건강을 되찾은 모습이었지요.

임금님은 노루를 보자, 사냥꾼들에게 말했어요.

"온종일 저 노루를 쫓아라. 밤이 될 때까지 그렇게 해라. 하지만 그 누구도 노루를 다치게 하면 안 되느니라."

해가 지자마자, 임금님은 사냥꾼에게 말했어요.

"자, 가자. 숲 속에 있는 오두막으로 안내하거라."

오두막에 이르자, 임금님이 문을 두드리며 외쳤어요.

"누이동생아, 나 좀 들여보내 줘."

그러자 문이 열렸어요. 임금님은 집 안으로 들어갔지요. 그곳에는 아름다운 소녀가 서 있었어요. 임금님은 지금껏 그렇게 아름다운 소녀를 본 적이 없었지요. 소녀는 노루가 아니라 머리에 황금 왕관을 쓴 남자가 들어온 것을 보고는 소스라치게 놀랐어요.

하지만 임금님은 소녀를 다정한 눈빛으로 지긋이 바라보다가 소녀에게 손을 내밀며 말했어요.

"나와 함께 궁전에 가서 내 아내가 되어 줄래요?"

"네, 그럴게요. 하지만 노루도 데려가야 합니다. 저는 노루를 혼자 남겨 두고 갈 수 없어요."

소녀가 대답했어요.

"아가씨가 살아 있는 동안 노루를 곁에 두도록 해요. 노루에게는 부족함 없이 잘해 줄게요."

임금님이 말했어요.

그때 노루가 껑충 뛰어들어왔어요. 누이동생은 갈대로 짠 끈으로 노루를 묶은 뒤, 노루를 직접 끌고 임금님과 함께 숲 속 오두막을 떠났어요.

임금님은 아름다운 아가씨를 자기 말에 태우고 궁전으로 돌아갔어요. 궁전에서는 성대한 결혼식이 열렸어요. 아가씨는 이제 왕비님이 되었지요. 두 사람은 오랫동안 행복하게 함께 살았어요. 노루는 따뜻한 보살핌을 받았고요. 노루는 궁전 안에서 껑충껑충 뛰며 돌아다녔어요.

오누이

하지만 사악한 새엄마는-바로 그 새엄마 때문에 오누이가 집을 떠나 세상으로 나갔지요.- 누이동생은 숲 속에 사는 사나운 짐승들에게 갈가리 찢기고 물어뜯기고, 오빠는 노루가 된 뒤, 사냥꾼들의 화살에 맞아 죽었을 것이라고 생각했어요. 그런데 오누이가 아주아주 행복하게 살고 있다는 소문을 듣자, 가슴속에서 시샘과 미움이 부글부글 끓어올랐어요. 새엄마는 좀처럼 마음이 가라앉지 않았어요.

새엄마는 어떻게 하면 오누이를 또다시 불행하게 만들 수 있을까 하는 생각만 했어요. 새엄마에게는 엄청나게 못생기고, 눈도 한 개밖에 없는 딸이 하나 있었어요.

"왕비님이 되는 행운은 나한테 와야 되는 건데."

새엄마의 친딸은 자기 엄마를 나무라며 이렇게 말했어요.

"조용히 해."

늙은 마녀가 말했어요.

늙은 마녀는 만족스러운 얼굴을 지으며 말했어요.

"때가 되면, 확실하게 손을 쓸 거다."

세월이 흘러 왕비님은 아들을 낳았어요. 마침 임금님이 사냥을 나가고 없을 때, 늙은 마녀는 시녀의 모습을 하고 왕비님이 누워 있는 방으로 들어갔어요.

그러고는 몸이 아픈 왕비님에게 이렇게 말했어요.

"자, 가시죠. 목욕물이 준비됐어요. 목욕을 하고 나면 몸도 좋아지고 기운도 나실 거예요. 물이 차가워지기 전에 어서 가시지요."

새엄마의 딸도 옆에서 거들었어요. 둘은 몸이 아픈 왕비님을 욕실로 데리고 가 욕조 안에 눕혔어요. 그런 다음 문을 잠그고 얼른 도망쳤어요. 그리고 그 둘은 욕실 안에 진짜 지옥 불을 활활 지펴 댔어요. 아름답고 나이 어린 왕비님은 곧바로 질식하고 말았어요.

늙은 마녀는 일을 꾸미고 난 뒤, 딸을 데려와 두건을 씌우고는 왕비님의 침대에 눕혔어요. 마녀는 딸의 전체적인 분위기를 왕비님처럼 바꾸어 놓았어요. 하지만 잃어버린 눈은 어떻게 해 줄 수가 없었지요. 그래서 마녀의 딸은 임금님이 눈치채지 못하게 눈이 없는 쪽으로 돌아누워 있어야 했어요.

저녁이 되어 궁전에 돌아온 임금님은 왕비님이 아들을 낳았다는 소식을 듣고 뛸 듯이 기뻐하며 사랑하는 아내의 침대 옆으로 가서 아내와 아기를 보려 했어요.

그러자 마녀는 얼른 고함을 질렀어요.

"안 돼요. 커튼을 그냥 두세요. 왕비님은 아직 빛을 보시면 안 됩니다. 왕비님은 조용히 쉬셔야 합니다."

임금님은 주춤 뒤로 물러났어요. 임금님은 가짜 왕비가 침대에 누워 있다는 것을 눈치채지 못했어요.

한밤중이 되어 모두가 잠들자, 아기방의 요람 옆에서 홀로 깨어 아기를 지키고 있던 유모는 문이 스르르 열리더니 진짜 왕비님이 방 안으로 들어오는 것을 보았어요. 왕비님은 요람에서 아기를 들어 올려 품에 안고 젖을 먹였어요. 그러고는 아기의 작은 베개를 살살 흔들고 아기를 다시 요람에 눕힌 다음, 조그마한 이

불을 덮어 주었어요.
 왕비님은 자신의 노루도 잊지 않았어요. 노루가 누워 있는 한쪽 구석으로 가서 등을 살살 쓰다듬어 주었어요. 그러고는 한 마디도 하지 않고 다시 방을 나갔어요.
 이튿날 아침, 유모는 문지기들에게 지난밤에 누군가 궁전 안으로 들어오지 않았느냐고 물었어요.
 하지만 문지기들은 이렇게 대답했어요.
 "그렇지 않습니다. 저희는 아무도 보지 못했습니다."
 왕비는 그렇게 여러 날 밤을 찾아왔지만 한 마디도 하지 않았어요. 유모는 그때마다 왕비님을 보았지요. 하지만 누군가에게 그 이야기를 할 엄두가 나지 않았어요.
 그렇게 얼마가 지났어요.
 어느 날 밤에 왕비님은 입을 열었어요.

**"우리 아기, 기분은 어때? 우리 노루, 기분은 어때?
난 두 밤만 더 온단다. 더는 못 와."**

 유모는 왕비님에게 아무 말도 하지 않았어요. 하지만 왕비님이 사라지자, 임금님에게 가서 그 모든 것을 이야기했어요.
 "세상에 이럴 수가! 이게 대체 무슨 일이란 말인가! 오늘 밤에는 내가 아기 옆에서 지켜보겠다."
 임금님이 말했어요.
 저녁이 되어 임금님은 아기방으로 갔어요.

한밤중이 되자, 왕비님이 다시 나타나 말했어요.

"우리 아기, 기분이 어때? 우리 노루, 기분이 어때?
난 한 밤만 더 온단다. 더는 못 와."

왕비님은 그렇게 말하고는 늘 그랬던 것처럼 아기를 보살펴 주었어요. 그러고는 사라졌지요. 임금님은 감히 왕비님에게 말할 엄두가 나지 않았어요. 하지만 임금님은 이튿날 밤에도 아기 옆을 지켰어요.

왕비님이 또다시 말했어요.

"우리 아기, 기분이 어때? 우리 노루, 기분이 어때?
오늘이 마지막이란다. 더는 못 와."

임금님은 더는 참지 못하고 왕비님에게 달려가 말했어요.
"당신이 바로 내 아내군요."
그러자 왕비님이 대답했어요.
"네, 맞아요. 제가 임금님의 아내예요."
그 순간, 왕비님은 하느님의 은총으로 다시 살아났어요. 다시금 생기가 돌고, 뺨은 발그레해지고, 건강한 모습을 되찾았지요. 왕비님은 임금님에게 사악한 마녀와 마녀의 딸이 자신에게 어떤 못된 짓을 저질렀는지 죄다 이야기했어요.

임금님은 그 둘을 법정으로 데려가라고 명령했어요. 둘에게는 선고가 내려졌어요. 마녀의 딸은 숲으로 끌려가 맹수들에게 물어뜯겨 갈가리 찢겼고, 마녀는 불 속으로 던져져 비참하게 타 죽어야 했지요. 마녀가 호르르 타서 재로 변하자, 노루도 변했어요. 사람의 모습으로 돌아온 거예요. 오누이는 함께 행복하게 살았어요. 이 세상을 떠날 때까지요.

거위 치는 하녀

 옛날 옛적에 나이 많은 왕비님이 살고 있었어요. 임금님은 이미 오래전에 죽었지요. 왕비님에게는 아름다운 딸이 하나 있었어요. 공주는 자라서, 들판 저 너머에 있는 한 왕자와 약혼을 했어요.

 두 사람이 결혼식을 올려야 할 때가 다가와 공주는 낯선 나라로 떠나야 했어요. 그러자 나이 많은 왕비님은 딸에게 수많은 귀한 공구며 장신구를 바리바리 싸 주었어요. 모두 금과 은, 보석으로 된 것들이었지요. 왕비님은 술잔도 꾸려 주었어요. 왕실의 지참금을 가져간 것이지요. 왜냐하면 왕비님은 자신의 딸을 진심으로 사랑했기 때문이에요.

 왕비님은 공주에게 시녀 한 명을 딸려 보내기로 했어요. 그 시녀는 공주와 함께 말을 타고 가 신부를 신랑에게 데려다 주도록 되어 있었지요. 공주와 시녀는 여행에 필요한 말을 한 필씩 받았어요. 공주의 말은 '팔라다'라고 불렸고, 말을 할 수 있었어요.

작별의 시간이 되자, 늙은 어머니는 자신의 침실로 가서 작은 칼을 집어 들고 자신의 손가락을 베어 피가 나게 했어요. 그러고는 하얀색 작은 헝겊을 그 밑에 대고 핏방울 세 개를 뚝뚝뚝 떨어뜨렸어요.

왕비님은 딸에게 헝겊을 주며 말했어요.

"애야, 이걸 소중히 간직하렴. 여행길에 필요할 거야."

어머니와 딸은 슬픔에 젖은 마음으로 작별을 했어요. 공주는 헝겊을 품속에 고이 집어넣은 다음, 말 위에 올라탔어요. 그러고는 신랑이 있는 곳으로 떠났어요. 한 시간 동안 말을 달리자 공주는 심하게 갈증이 났어요.

그래서 시녀에게 말했어요.

"말에서 내려 나를 위해 가지고 온 내 잔에 물을 떠 오렴. 시냇물이 무척 마시고 싶구나."

"목이 마르시면, 직접 말에서 내려 물을 마시세요. 나는 공주님의 하녀 노릇 하기 싫어요."

시녀가 말했어요.

몹시 목이 말랐던 공주는 말에서 내려 시냇물 위로 몸을 굽히고 물을 마셨어요. 공주는 황금 잔을 쓸 수도 없었지요.

"이럴 수가!"

공주가 말했어요.

그러자 핏방울 세 개가 대답했어요.

"어머니가 아시면 가슴이 찢어지실 거야."

하지만 다소곳했던 공주는 아무 말도 하지 않고 다시 말에 올라탔어요. 그렇게 공주와 시녀는 몇 마일을 더 달렸어요. 하지만 날이 무덥고, 햇볕이 따갑게 내리쬐었기 때문에 공주는 이내 다시 목이 말랐어요.

강가에 이르자, 공주는 또다시 시녀에게 외쳤어요.

"말에서 내려 내 황금 잔에 물을 떠 오렴."

공주는 시녀가 표독스럽게 한 말을 이미 한참 전에 까맣게 잊어버렸지요.

하지만 시녀는 전보다 한층 더 거만한 목소리로 말했어요.

"물을 마시고 싶으시면 혼자 마셔요. 난 하녀 노릇 하기 싫어요."

갈증이 너무나도 심했던 공주는 말에서 내려 흐르는 물 위로 엎드려 울면서 말했어요.

"이럴 수가!"

그러자 핏방울들이 또다시 말했어요.

"공주님의 어머니가 아신다면, 가슴이 찢어지실 거야."

공주는 물을 마시고는 물 위로 계속 몸을 굽히고 있었어요. 그러자 핏방울 세 개가 떨어진 작은 헝겊이 품속에서 떨어져 강물에 둥실둥실 떠내려갔어요. 공주는 너무나도 겁에 질린 나머지 그런 줄도 몰랐지요.

하지만 시녀는 그 모든 것을 다 보고는 공주를 제멋대로 다룰 수 있게 되었다고 뛸 듯이 기뻐했어요. 왜냐하면 핏방울을 잃어버린 공주는 아무런 힘도 쓸 수 없게 되었기 때문이에요.

공주가 '팔라다'라고 불리는 말에 다시 올라타려고 하자, 시녀가 말했어요.

"팔라다는 내가 탈 거야. 너는 내 늙은 말을 타."

공주는 시녀가 시키는 대로 했어요. 어쩔 수가 없었지요. 시녀는 아주 쌀쌀맞은 목소리로 공주 옷은 모두 벗고, 자신의 허름한 옷을 입으라고 공주에게 명령했어요. 또한 공주는 왕자가 있는 궁전에 가서 그 누구에게도 이 일을 말하지 않겠다고 하늘에 맹세까지 해야 했어요. 만약 공주가 맹세하지 않으면, 그 자리에서 곧바로 죽음을 당할 것이라고 했지요.

하지만 팔라다는 이 모든 것을 유심히 지켜보았어요.

시녀는 팔라다에 올라타고, 진짜 신부는 늙고 부실한 말에 올라탔어요. 그렇게 두 사람은 계속 달렸어요. 마침내 왕자가 있는 궁전에 이르렀어요. 공주가 도착해 모두들 크게 기뻐했어요. 왕자는 두 사람에게 달려와 시녀를 말에서 내려 주었어요. 그러고는 그 아가씨가 자신의 아내라고 생각했어요. 왕자는 시녀와 함께 계단을 올라갔어요. 하지만 진짜 공주는 계단 밑에서 서 있어야 했지요.

늙은 임금님은 창밖을 내다보다가 공주가 안뜰에 서 있는 것을 보았어요. 공주는 참으로 곱고, 가냘팠어요. 그리고 예뻤어요. 임금님은 곧바로 거실로 가서 신부에게 저 아래 안뜰에 서 있는, 신부가 데리고 온 여자에 대해 물었어요. 그리고 그 여자가 누구냐고 물었지요.

"오는 길에 만났는데 말동무라도 하려고 데리고 왔어요. 저렇게 한가하게 서 있지 않게 일거리를 주세요."

하지만 늙은 임금님은 그 하녀에게 시킬 일이 하나도 없었어요.

그래서 이렇게 말했어요.

"거위 치는 어린 남자 아이가 하나 있는데, 하녀가 도와주면 되겠군."

소년의 이름은 '퀴어트헨'이었어요. 진짜 공주는 그 소년이 거위 치는 것을 도와야 했지요.

하지만 가짜 신부는 얼른 젊은 임금님에게 말했어요.

"마마, 부탁드릴 게 있는데 좀 들어주세요."

"그럴게요."

젊은 임금님이 대답했어요.

"가죽 벗기는 사람을 불러 제가 타고 온 말의 목을 베라고 해주세요. 이곳에 오는 길에 그 말이 말썽을 피웠거든요."

가짜 신부가 말했어요.

사실 가짜 신부는 그 말이 자신이 공주에게 어떤 짓을 했는지 말할까 봐 두려웠던 거예요. 충성스러운 팔라다는 죽음을 면치 못하게 되었어요. 이 소식은 공주의 귀에도 들어갔어요. 공주는 가죽 벗기는 사람을 찾아가 자신을 조금만 도와주면, 아무도 모르게 금화 한 닢을 주겠다고 약속했어요.

그 도시에는 커다랗고 우중충한 성문이 하나 있었어요. 공주는 아침저녁으로 거위 떼를 몰고 그 문을 지나가야 했어요. 공주는 가죽 벗기는 이에게 그 어두컴컴한 성문 밑에 팔라다의 머리

를 못으로 박아 자신이 오가며 그 머리를 볼 수 있게 해 달라고 했어요. 박피공은 그렇게 하겠다고 약속했어요. 그러고는 팔라다의 머리를 베어 어두컴컴한 성문 밑에 못으로 단단히 박아 놓았어요.

이른 아침, 공주와 퀴어트헨은 성문 밑으로 지나갔어요.

공주가 말했어요.

"아, 팔라다, 거기 걸려 있구나."

그러자 팔라다의 머리가 대답했어요.

"아, 공주님, 지나가시는군요.
어머니가 아시면
가슴이 찢어지시겠어요."

공주는 아무 소리 하지 않고 성문 밖으로 걸음을 옮겼어요. 공주와 퀴어트헨은 거위 떼를 들판으로 몰았어요.

초록 들판에 이르자, 공주는 바닥에 앉아 머리를 풀었어요. 그러자 머리카락은 완전히 황금빛이 났어요. 퀴어트헨은 공주의 머리카락이 황금빛으로 반짝반짝 빛나는 것을 보고 무척이나 기뻐했어요. 퀴어트헨은 공주의 머리카락을 몇 올 뽑고 싶었어요.

그러자 공주가 말했어요.

**"바람아, 불어라, 어서 불어라.
퀴어트헨의 모자를 날려 버리렴.
내가 머리를 땋아 틀어 올릴 때까지
퀴어트헨이 모자를 쫓아다니게."**

그러자 아주 세찬 바람이 불어와 퀴어트헨의 작은 모자를 들판 저 너머로 휙 날려 버렸어요. 퀴어트헨은 모자를 잡으러 뒤따라가야 했어요. 퀴어트헨이 다시 돌아왔을 때는 공주가 이미 머리를 빗고 틀어 올린 뒤였어요. 퀴어트헨은 머리카락을 한 올도 얻을 수 없었지요. 퀴어트헨은 화가 나서 공주와 한 마디도 하지 않았어요. 공주와 퀴어트헨은 저녁이 될 때까지 거위를 돌보다가 집으로 돌아갔어요.

이튿날 아침, 공주와 퀴어트헨이 우중충한 성문 밑을 지날 때 공주가 말했어요.

"아, 팔라다, 거기 걸려 있구나."

팔라다가 대답했어요.

**"아, 공주님, 지나가시는군요.
어머니가 아시면
가슴이 찢어지시겠어요."**

초록 들판에 도착한 공주는 다시 자리를 잡고 앉아 머리를 빗기 시작했어요. 그러자 퀴어트헨이 뛰어와 머리카락을 잡으려고 했어요.

공주가 재빨리 말했어요.

**"바람아, 불어라, 어서 불어라.
퀴어트헨의 모자를 날려 버리렴.
내가 머리를 땋아 틀어 올릴 때까지
퀴어트헨이 모자를 쫓아다니게."**

그러자 바람이 불어와 퀴어트헨의 머리에서 작은 모자를 벗겨 멀리 날려 버렸어요. 퀴어트헨은 모자를 잡으러 뒤따라가야 했어요. 퀴어트헨이 다시 돌아왔을 때는 공주가 이미 머리를 매만진 뒤였어요. 퀴어트헨은 머리카락을 한 올도 손에 넣지 못했지요. 공주와 퀴어트헨은 저녁이 될 때까지 거위를 돌봐야 했어요.

그날 저녁, 두 사람이 집으로 돌아온 뒤, 퀴어트헨은 늙은 임금님 앞으로 가서 이렇게 말했어요.

"앞으로 그 아가씨하고는 거위를 치지 않겠어요."

"도대체 왜 그러느냐?"

늙은 임금님이 물었어요.

퀴어트헨이 대답했어요.

"아이 참, 그 아가씨 때문에 온종일 화가 난다니까요."

거위 치는 하녀 191

 늙은 임금님은 퀴어트헨에게 그 아가씨와 무슨 일이 있었는지 사실대로 모두 말하라고 했어요.

 그러자 퀴어트헨이 말했어요.

 "그 아가씨와 제가 아침에 거위 떼를 몰고 어두컴컴한 성문 밑을 지나가노라면 말 대가리 한 개가 벽에 걸려 있어요. 아가씨는 말 대가리한테 이렇게 말을 하지요.

 '팔라다, 거기 걸려 있구나.'

그러면 그 말 대가리는 이렇게 대꾸를 하지요.

  '아, 공주님, 지나가시는군요.
  어머니가 아시면
  가슴이 찢어지시겠어요.'"

 퀴어트헨은 거위를 치는 초록 들판에서 일어난 일을 들려주었어요. 그리고 바람에 날아간 모자를 쫓아가야 했던 일도 이야기했어요.
 늙은 임금님은 퀴어트헨에게 이튿날 다시 성문 밑으로 지나가라고 일렀어요. 그리고 아침이 되자, 어두컴컴한 성문 뒤에 앉아 공주가 팔라다의 머리와 이야기를 나누는 것을 들었어요. 그런 다음 늙은 임금님은 공주를 따라 초록 들판으로 가서 덤불 속에 몸을 숨겼어요. 얼마 있지 않아 거위 치는 하녀와 거위 치는 소년이 거위 떼를 몰고 오는 것이 보였어요. 잠시 뒤에 거위 치는 하녀가 풀밭에 앉아 땋았던 머리를 푸는 것도 보였지요. 머리카락은 반짝반짝 윤이 났어요. 거위 치는 하녀는 또다시 이렇게 말했어요.

  "바람아, 불어라, 어서 불어라.
  퀴어트헨의 모자를 날려 버리렴.
  내가 머리를 땋아 틀어 올릴 때까지

거위 치는 하녀 193

퀴어트헨이 모자를 쫓아다니게."

그러자 돌풍이 휙 불어오더니 퀴어트헨의 모자를 가지고 쌩 가 버렸어요. 퀴어트헨은 멀리까지 달려가야 했지요. 하녀는 머리를 다 빗은 다음, 조용히 고수머리를 쫑쫑 땋아 내렸어요. 늙은 임금님은 이 모든 것을 유심히 지켜보았어요. 그러고는 아무도 몰래 살며시 돌아갔어요.

저녁때가 되어 거위 치는 하녀가 집에 돌아오자, 늙은 임금님은 거위 치는 하녀를 불러 거위 치는 소년에게 왜 그런 짓을 했냐고 물었어요.

"말씀드릴 수 없습니다. 그 누구에게도 가슴 아픈 제 이야기를 털어놓을 수 없습니다. 하늘에 맹세했거든요. 그러지 않았다가는 목숨을 잃고 말았을 거예요."

공주가 말했어요.

늙은 임금님은 공주를 계속 다그쳤어요. 하지만 공주로부터 아무 말도 듣지 못했지요.

그러자 늙은 임금님이 말했어요.

"네가 내게 아무 말도 하고 싶지 않다면, 저기 있는 쇠난로에게 네 괴로움을 하소연하거라."

늙은 임금님은 그렇게 말한 뒤 그곳을 떠났어요. 그러자 공주는 쇠난로 속으로 기어들어가 슬피 울기 시작했어요. 공주는 속내를 털어놓았어요.

"난 지금 세상으로부터 버림받은 채 여기 앉아 있단다. 하지만 난 공주야. 교활한 시녀가 강제로 공주 옷을 벗게 했단다. 그러고는 내 신랑 바로 옆자리를 차지한 거야. 내 자리를 말이야. 나는 거위 치는 하녀가 되어 비천한 일을 하게 되었단다. 내 어머니가 이 사실을 아시면, 가슴이 찢어지실 거야."

공주가 말했어요.

늙은 임금님은 난로의 연통에 귀를 대고 서서 공주가 하는 말을 모두 엿들었어요.

늙은 임금님은 다시 그 방으로 들어와 공주에게 난로 밖으로 나오라고 명령했어요. 그러고는 공주에게 공주 옷을 입혔어요. 그러자 정말 놀라운 일이 벌어졌어요. 공주는 이루 말할 수 없이 아름다웠어요. 늙은 임금님은 아들을 불러 신부가 가짜라고 털어놓았어요. 그 여자는 한낱 시녀일 뿐이고, 진짜 신부는 거위 치는 하녀였던, 여기 이 아가씨라고 했지요.

젊은 임금님은 공주의 아름다움과 품위 있는 모습을 보고 뛸 듯이 기뻐했어요. 늙은 임금님은 크게 잔치를 열어 가까운 친구들과 다른 사람들을 모두 초대했어요. 식탁의 맨 윗자리에는 왕자가 앉고, 한쪽 옆에는 공주가, 다른 한쪽 옆에는 시녀가 앉았어요. 하지만 시녀는 마냥 신이 난 나머지 눈부시게 반짝이는 반지, 목걸이, 브로치 등으로 치장한 공주를 알아보지 못했어요.

모두 먹고 마시며 한껏 기분이 좋아졌을 때, 늙은 임금님은 시녀에게 수수께끼를 냈어요. 주인님을 이러저러하게 속인 여자에게 어떤 벌을 내리면 좋겠느냐고 했지요. 그러고는 그동안의 일을 하나도 빠짐없이 모두 이야기해 주었어요.

"이 여자한테는 어떤 벌을 내려야 할까?"

늙은 임금님이 물었어요.

"그런 여자는 옷을 홀랑 벗겨서 뾰족뾰족한 못이 잔뜩 박힌 통에 집어넣고 하얀 말 두 필에 묶어 죽을 때까지 골목골목을 질질 끌고 다녀야 해요."

가짜 신부가 말했어요.

"그 여자가 바로 너다. 네 스스로 판결을 내렸구나. 그대로 집행할 것이니라."

늙은 임금님이 말했어요.

시녀가 벌을 받은 뒤, 젊은 임금님은 진짜 신부와 결혼식을 올렸어요. 두 사람은 평화롭게, 그리고 아주아주 행복하게 나라를 잘 다스렸어요.

홀레 할머니

 어느 홀어머니에게 딸이 둘 있었어요. 한 명은 얼굴도 예쁘고 부지런했지만, 다른 딸은 못생긴 데다 게을렀어요. 하지만 그 어머니는 못생기고 게으른 딸을 훨씬 더 예뻐했어요. 왜냐하면 그 딸이 친딸이었기 때문이에요. 다른 딸은 온갖 일을 도맡아 해야 했어요. 그 집에서는 재투성이나 마찬가지였지요. 그 불쌍한 여자아이는 날마다 큰길 옆 우물가에 앉아 실을 잣고, 또 자아야 했어요. 실을 어찌나 많이 자았던지 손가락에서 피가 날 정도였지요.

 그러던 어느 날, 실패가 피에 흠뻑 젖어 버렸어요. 소녀는 우물 속으로 몸을 굽혀 실패를 씻으려고 했어요. 하지만 실패는 소녀의 손에서 쏙 빠져나가더니 우물 속에 풍당 빠지고 말았어요. 소녀는 엉엉 울면서 새엄마에게 달려가 우물에서 일어난 일을 이야기했어요. 하지만 새엄마는 소녀를 매섭게 꾸짖으며 아주 쌀쌀맞게 말했어요.

"네가 실패를 떨어뜨렸으니까 다시 꺼내 오는 것도 네가 해."

소녀는 우물가로 돌아갔어요. 하지만 도대체 어떻게 해야 할지 몰랐어요. 엄청난 두려움에 벌벌 떨던 소녀는 실패를 건져 오기 위해 우물 속으로 첨벙 뛰어들었어요. 소녀는 그만 정신을 잃고 말았어요. 눈을 뜨고 정신을 차리고 보니 아름다운 초록 들판 위에 누워 있었지요. 그곳에는 햇살이 환하게 비추고 있었고, 수천 송이의 꽃들이 피어 있었어요.

소녀는 초록 들판을 계속 걸어갔어요. 그리고 빵이 그득 들어 있는 오븐에 이르렀어요.

빵 한 개가 외쳤어요.

"아, 날 꺼내 줘. 날 꺼내 줘. 안 그러면 나, 타 죽을 거야. 나는 이미 오래전에 다 구워졌어."

소녀는 오븐에 다가가 빵을 꺼낼 때 쓰는, 기다란 자루가 달린 나무 주걱으로 빵을 하나씩 하나씩 모두 꺼냈어요. 그리고 나서 계속 걸어갔어요. 그리고 어떤 나무 앞에 이르렀어요.

사과가 그득 달려 있는 그 나무는 이렇게 외쳤어요.

"아, 날 흔들어 줘. 날 흔들어 줘. 우리는 모두 다 익었어."

소녀는 나무를 흔들었어요. 그러자 사과가 비 오듯이 투두둑 죄다 떨어졌어요. 소녀는 사과를 수북이 쌓아 놓은 다음, 또다시 계속 걸어갔어요.

마침내 소녀는 어떤 작은 집에 이르렀어요. 할머니 한 명이 창밖을 내다보고 있었어요. 그 할머니의 이가 엄청나게 커 소녀는 와락 겁이 났어요. 그래서 도망치려고 했지요.

하지만 할머니는 소녀를 불렀어요.

"애야, 뭐가 무섭니? 우리 집에 머물면서 나랑 함께 살자꾸나. 네가 집 안일을 도맡아 말끔하게 해 주면, 너한테 좋은 일이 생길 거야. 너는 내 이부자리를 잘 챙기고, 이불이며 베개를 부지런히 탁탁 털기만 하면 돼. 깃털이 폴폴 날리게 말이야. 그러면 이 세상에 눈이 내리게 되지. 나는 홀레 부인이란다."

할머니가 아주 친절하게 말을 했기 때문에, 소녀는 용기를 내어 그러겠다고 했어요. 소녀는 일을 하기 시작했어요. 하나에서 열까지 홀레 할머니가 흡족해할 정도로 일을 잘했지요. 언제나 깃털이 눈송이처럼 펄펄 흩날리도록 홀레 할머니의 이부자리를 힘껏 탁탁 흔들어 털었어요. 그 대가로 소녀는 홀레 할머니네 집에서 편안하게 지낼 수 있었어요. 욕도 얻어먹지 않고, 날마다

삶거나 구운 고기를 먹었지요.

  한동안 소녀는 홀레 할머니 집에서 잘 지냈어요. 하지만 소녀는 왠지 모르게 슬펐어요. 처음에는 왜 그런지 그 까닭을 몰랐어요. 하지만 마침내 집에 가고 싶어서 그렇다는 것을 깨달았지요. 이곳에서 지내는 게 집에서 지내는 것보다 수천 배나 낫다 하더라도 소녀는 집에 가고 싶은 마음이 굴뚝같았어요.

  마침내 소녀는 홀레 할머니에게 말했어요.

  "너무너무 집에 가고 싶어요. 땅속에 있는 이 우물에서 아무리 잘 지내고 있다고 해도 더는 이곳에 머물 수가 없어요. 저는 다시 저 위에 있는 우리 집에 가야겠어요."

  "집에 다시 가고 싶다니 나도 기쁘구나. 네가 온 마음을 다해 일을 해 줬으니까 내가 너를 직접 데려다 줄게."

  홀레 할머니는 소녀의 손을 잡고 커다란 문 앞으로 갔어요. 그러자 문이 스르르 열렸어요. 소녀가 문 바로 밑에 서자, 황금비가 세차게 퍼부었어요. 황금은 바닥에 떨어지지 않고 모두 소녀의 몸에 걸렸어요. 소녀는 온통 황금으로 뒤덮였어요.

  "다 가지렴. 아주 부지런히 일을 했잖아."

  홀레 할머니가 말했어요. 그러고는 소녀가 우물에 빠뜨렸던 실패도 돌려주었어요.

  그러자 문이 다시 스르르 닫혔어요. 그리고 소녀는 땅 위 세상에 서 있었어요. 집에서 멀리 떨어지지 않은 곳에요.

  소녀가 안마당에 들어서자, 우물 위에 앉아 있던 수탉이 외쳤어요.

"꼬끼오,
우리 황금 아가씨가 다시 돌아왔다."

소녀는 집 안으로 들어가 새엄마에게 갔어요. 새엄마와 의붓자매는 소녀가 온통 황금으로 뒤덮여 있는 것을 보고 소녀를 반갑게 맞이했어요.

소녀는 자신에게 일어났던 일을 모두 들려주었어요. 새엄마는 소녀가 그렇게 부자가 된 사연을 듣고 나자, 못생기고 게으른 자기 친딸에게도 그와 똑같은 행운이 오기를 바랐어요. 그래서 못생기고 게으른 딸은 우물가에 앉아 실을 자아야 했지요. 실패가 피에 젖게 하려고 새엄마의 친딸은 제 손으로 직접 손가락을 콕 찌른 다음, 손으로 가시나무 울타리를 탁 쳤어요. 그러고는 실패를 우물 속으로 던진 다음, 우물 속에 첨벙 뛰어들었어요.

새엄마의 친딸은 소녀와 마찬가지로 아름다운 초록 들판에 이르렀어요. 그리고 똑같은 오솔길을 계속 걸어갔어요.

새엄마의 친딸이 빵 굽는 오븐에 이르자, 빵이 전과 똑같이 외쳤어요.

"아, 날 꺼내 줘. 날 꺼내 줘. 안 그러면 나, 타 죽을 거야. 나는 이미 오래전에 다 구워졌어."

하지만 게으른 딸은 이렇게 대꾸했어요.

"난 더러워지기 싫어."

게으른 딸은 계속 걸어갔어요. 얼마 가지 않아 게으른 딸은 사과나무에 이르렀어요.

"아, 날 흔들어 줘. 날 흔들어 줘. 우리 사과들은 모두 다 익었어."

사과나무가 외쳤어요.

"잘 만났군. 하지만 사과가 내 머리에 떨어질지도 몰라."

게으른 딸은 이렇게 대꾸하고는 계속 걸어갔어요.

마침내 홀레 할머니 바로 앞에 이르렀어요. 하지만 게으른 딸은 하나도 무섭지 않았어요. 홀레 할머니의 이가 크다는 이야기를 이미 들었기 때문이에요. 게으른 딸은 곧바로 홀레 할머니네 집에서 일을 하겠다고 했어요.

첫째 날, 게으른 딸은 꾹 참고 부지런히 일을 했어요. 홀레 할머니가 뭐라고 해도 고분고분 말을 잘 들었지요. 홀레 할머니가 황금을 많이 선물할 것이라고 생각했기 때문이에요. 하지만 둘째 날이 되자 벌써 게으름을 피우기 시작했어요. 그리고 사흘째 되던 날에는 더 게을러졌어요. 게으른 딸은 아침에 일어날 생각도 하지 않았어요. 홀레 할머니의 이부자리도 정돈하지 않았지요. 마땅히 해야 할 일이었는데도 말이에요. 깃털이 흩날릴 정도로 이부자리를 털지도 않았고요.

이내 지쳐 버린 홀레 할머니는 게으른 딸에게 일을 그만두라고 했어요. 게으른 딸은 이 말을 듣고 가슴이 뿌듯했어요. 황금비가 쫙쫙 쏟아질 것이라고 생각했지요. 이번에도 홀레 할머니는 게으른 딸을 문 앞으로 데려갔어요. 하지만 게으른 딸이 그 아래 서자, 황금 대신 커다란 솥에서 역청이(*아스팔트. 석유를 정제할 때 잔류물로 얻어지는 고체나 반고체의 검은색이나 흑갈색 탄화

수소 화합물.) 좍 쏟아져 내렸어요.

홀레 할머니가 말했어요.

"이게 네가 일한 대가다."

홀레 할머니는 문에 자물쇠를 채웠어요.

게으른 딸은 집으로 돌아왔어요. 하지만 온몸이 역청으로 뒤덮여 있었지요.

우물 위에 있던 수탉은 게으른 딸을 보자, 이렇게 외쳤어요.

**"꼬끼오,
더러운 우리 아가씨가 다시 돌아왔다."**

역청은 게으른 딸에게 계속 달라붙어 있었어요. 게으른 딸이 죽을 때까지 절대로 벗겨지지 않았답니다.

까마귀 일곱 마리

딸은 없고 아들만 일곱을 둔 남자가 있었어요. 그렇게도 딸이 있었으면 하고 바랐지만 아직 딸은 없었지요. 마침내 그 남자의 아내는 다시 아이를 갖게 되었어요. 아기가 세상에 태어났는데 딸이었어요. 남자는 뛸 듯이 기뻐했어요. 하지만 아기는 작고 약했어요. 아기가 어떻게 될지 모를 만큼 너무 허약해서 신부님 대신 집에서 세례를 베풀기로 했어요. 아빠는 한 아들에게 얼른 우물가에 가서 세례용 성수를 떠오라고 했어요. 나머지 여섯 형제도 함께 달려갔지요. 그런데 일곱 명 모두 서로 자기가 먼저 물을 뜨겠다고 다투다가 그만 물 항아리를 우물 속에 풍덩 빠뜨리고 말았어요.

일곱 형제는 어찌 해야 좋을지 몰라 멍하니 서 있었어요. 아무도 집에 돌아갈 엄두를 내지 못했어요. 아무리 기다려도 아들들이 돌아오지 않자, 마음이 다급해진 아빠는 이렇게 말했어요.

"천하에 못된 놈들. 또 놀다가 깜빡 잊어버렸군."

아빠는 딸이 세례도 받지 못한 채 하늘나라로 갈까 봐 겁이 덜컥 났어요.

아빠는 홧김에 이렇게 외쳤어요.

"그 녀석들 모두 커다란 까마귀나 되어 버려라."

그 말이 떨어지기가 무섭게 머리 위에서 푸드덕거리는 소리가 들렸어요. 아빠가 하늘을 올려다보자, 숯처럼 새까맣고 커다란 까마귀 일곱 마리가 하늘 높이 날고 있었어요. 까마귀들은 멀리 날아가 버렸어요.

부모는 저주의 말을 거둬들일 수가 없었어요. 아들 일곱을 잃어서 너무너무 슬펐지요. 하지만 사랑스러운 어린 딸이 있어 조금은 위안이 되었어요. 어린 딸은 이내 기운을 되찾고, 하루가 다르게 점점 더 예뻐졌어요.

막내는 오랫동안 오빠들이 있었다는 사실을 몰랐어요. 엄마 아빠가 이야기를 하지 않으려고 조심했거든요. 그런데 어느 날, 소녀는 사람들이 자신에 대해 하는 말을 우연히 듣게 되었어요. 소녀가 예쁘기는 한데, 바로 그 누이동생 때문에 오빠들이 불행하게 되었다고 했지요. 소녀는 이루 말할 수 없이 슬펐어요. 그래서 아빠와 엄마에게 가서 오빠들이 있었는지, 또 다들 어디로 갔는지 물었어요.

부모는 더 이상 숨길 수 없었어요. 그건 모두 하늘의 뜻이고, 소녀가 태어나서 그렇게 된 것은 절대로 아니라고 말해 주었어요.

하지만 소녀는 날이면 날마다 오빠들 일로 마음이 편치 않았어요. 소녀는 오빠들을 다시 구해 줘야겠다고 생각했어요. 자나 깨나 걱정을 하던 소녀는 마침내 아무도 몰래 살짝 집을 떠나 넓은 세상으로 나갔어요. 어딘가에서 오빠들을 찾아내 무슨 일이 있어도 꼭 구해 내려고요. 소녀는 부모님의 모습을 잊지 않기 위해 작은 반지 한 개를 챙겼어요. 그리고 배고플 때 먹을 빵 한 덩이, 갈증을 달래 줄 물이 담긴 작은 항아리 한 개, 지쳤을 때 앉을 작은 의자 한 개만 가지고 갔어요.

소녀는 쉬지 않고 걷고, 또 걸었어요. 마침내 이 세상 끝에 이르렀지요. 소녀는 해님에게 갔어요. 하지만 해님은 너무 뜨거웠어요. 소녀는 얼른 달아나 달님에게 달려갔어요. 하지만 달님은 너무 차갑고, 섬뜩하고, 마음씨도 고약했어요.

달님은 소녀가 온 것을 눈치채고 이렇게 말했어요.

"냄새가 나. 인간의 살 냄새가 나."

소녀는 얼른 그곳을 떠나 별님들에게 갔어요. 별님들은 소녀에게 친절하고 상냥하게 대해 주었어요. 별님들은 모두 각자 자신의 특별한 작은 의자에 앉아 있었어요.

샛별이 자리에서 일어나 막내딸에게 병아리 다리 한 개를 주며 말했어요.

"이 작은 다리가 없으면, 유리 산의 문을 열 수 없단다. 유리 산속에 네 오빠들이 있어."

소녀는 병아리 다리를 받아 작은 헝겊에 돌돌 말아 잘 쌌어요. 그러고는 아주아주 오랫동안 계속 걸어갔어요. 이윽고 유리 산에 도착했지요. 문이 잠겨 있어서 소녀는 병아리 다리를 꺼내려고 했어요. 하지만 헝겊을 풀자, 아무것도 들어 있지 않았어요. 소녀는 마음씨 고운 별님들의 선물을 잃어버린 거예요. 이제 어떻게 해야 할까요? 오빠들을 구하려고 했는데 유리 산속으로 들어가는 열쇠가 없으니 말이에요. 마음씨 고운 누이동생은 칼을 꺼내 새끼손가락 한 개를 잘랐어요. 그러고는 문에 꽂았어요. 다행히 문이 열렸지요.

소녀가 산속에 들어가자, 한 난쟁이가 다가왔어요.

난쟁이가 말했어요.

"애야, 뭘 찾는 거니?"
"오빠들을 찾아요. 우리 오빠들은 커다란 까마귀예요."
소녀가 대답했어요.
"까마귀님들은 집에 안 계셔. 하지만 그분들이 돌아오실 때까지 여기서 기다리고 싶으면, 들어오렴."
난쟁이가 말했어요.

난쟁이는 까마귀들이 먹을 음식을 작은 접시 일곱 개와 일곱 개의 작은 잔에 담아 가지고 들어왔어요. 누이동생은 각 접시에서 한 입씩 먹고, 각 잔에서 한 모금씩 마셨어요. 그리고 마지막 잔에는 가지고 온 작은 반지를 짤랑 떨어뜨렸어요.

갑자기 하늘에서 푸드덕푸드덕 날갯짓하는 소리와 깍깍 울어 대는 소리가 들렸어요.

그러자 난쟁이가 말했어요.
"이제 까마귀님들이 돌아오셨네."

까마귀들이 들어왔어요. 까마귀들은 먹고 마시려고 자기의 작은 접시와 작은 잔을 찾았어요.

까마귀들은 차례로 이렇게 말했

어요.

"누가 내 접시에 있는 음식을 먹었지? 누가 내 잔에 있는 물을 마셨지? 사람의 입 자국이 나 있어."

일곱 번째 까마귀가 잔을 비우자, 작은 반지가 또르르 굴러 나왔어요. 반지를 뚫어지게 바라보던 일곱 번째 까마귀는 그

것이 아빠와 엄마의 반지라는 것을 알아차렸어요.
"아, 우리 누이동생이 곁에 있다면 우리는 마법에서 풀려나는 건데."
일곱 번째 까마귀가 말했어요.
소녀는 문 뒤에 서서 오빠들의 소원을 몰래 엿듣고 있다가 일곱 까마귀들 앞으로 나갔어요. 그러자 일곱 마리 까마귀들은 다시 사람의 모습으로 돌아왔어요. 오빠들과 누이동생은 서로 얼싸안고 뽀뽀를 했어요. 그리고 마냥 즐거운 마음으로 집으로 돌아갔어요.

재투성이 아가씨 아셴푸텔

널리 알려진 '신데렐라'라는 이름은 독일어 단어인 '아셴푸텔'을
영어로 옮긴 것으로, '신더'와 '아셴'은 '재'를 뜻해요.

어떤 부자의 아내가 병에 걸렸어요. 아내는 자신이 곧 죽을 것 같은 느낌이 들자, 어린 외동딸을 침대 곁으로 불러 말했어요.

"애야, 하느님 말씀 잘 듣고 착하게 살렴. 그러면 하느님이 언제나 너를 도와주실 거야. 그리고 나도 하늘에서 내려다보면서 너를 도와줄게."

그 말을 하고 나서 아내는 눈을 감고 숨을 거두었어요. 여자 아이는 날마다 엄마가 있는 무덤에 가서 울었어요. 여자 아이는 하느님 말씀 잘 듣고, 착하고 씩씩하게 살았어요. 겨울이 되자, 눈이 무덤을 자그마한 하얀 천으로 덮었어요. 그리고 봄이 되자, 해님은 자그마한 하얀 천을 다시 끌어당겼어요. 그러자 그 남자는 다른 여자를 아내로 맞아들였어요.

그 여자는 두 딸을 데려왔어요. 두 딸 모두 얼굴이 하얗고 예

뻤어요. 하지만 마음씨는 고약하고 사악했지요. 그 불쌍한 의붓자식은 힘든 나날을 보내게 되었어요.

"멍청이 계집애가 우리와 한방에 앉아 있다니! 밥을 먹으려면 밥값을 해야지. 식모와 함께 여기서 나가."

새엄마가 데려온 두 딸이 말했어요.

두 자매는 그 여자 아이에게서 예쁜 옷을 모두 빼앗고, 대신 낡은 잿빛 작업복(*집에서 일할 때 입는 코트를 뜻함.)을 입힌 다음, 나막신을 주었어요.

그러고는 두 자매는 외쳤어요.

"거만한 공주님이 어떻게 차려입었는지 좀 봐!"

두 자매는 깔깔 웃으며 그 여자 아이를 부엌으로 데려갔어요. 여자 아이는 그곳에서 아침부터 잠자리에 들 때까지 힘든 일을 해야 했어요. 날이 새기도 전에 일어나서 물을 긷고, 불을 지피고, 요리를 하고, 빨래를 해야 했지요. 그뿐이 아니었어요. 두 자매는 어떻게 하면 그 여자 아이를 괴롭힐까 궁리를 하고 또 해서 나쁜 짓을 했어요. 그 여자 아이를 조롱하기도 했고요. 두 자매는 잿더미 속에 완두콩과 제비콩(*납작한 완두콩처럼 생긴 콩으로 '까치콩'이라고도 함.)을 우르르 쏟아 놓았어요. 여자 아이는 바닥에 앉아 완두콩과 제비콩을 다시 한 알 한 알 골라내야 했지요.

그 여자 아이는 일을 많이 한 탓에 저녁이 되면 녹초가 되었어요. 그래도 여자 아이는 침대로 가지 않았어요. 대신 화덕 옆에 있는 잿더미 속에 몸을 뉘였지요. 그래서 늘 먼지투성이에 지

저분했어요. 두 자매는 그 여자 아이를 '재투성이'라고 불렀어요.

어느 날 아빠가 일 년에 한 번 열리는 대목장(*중세 이후부터 부활절, 오순절, 성탄절 즈음에 여러 날 동안 열리는 시장. 목마도 탈 수 있고, 공연도 열림.)에 가면서 두 의붓딸에게 무얼 사다 줄까 하고 물었어요.

"예쁜 옷 여러 벌이요."

첫째 의붓딸이 말했어요.

"진주와 보석이요."

두 번째 의붓딸도 말했어요.

"재투성이 아셴푸텔, 너는 뭘 갖고 싶니?"

아빠가 말했어요.

"아빠, 집에 돌아오시는 길에 아빠 모자에 부딪히는 첫 번째 어린 잔가지를 꺾어다 주세요."

아빠는 두 의붓딸에게 주려고 예쁜 옷 여러 벌과 진주와 보석을 샀어요. 그리고 말을 타고 집에 돌아오는 길에 녹색 덤불 사이로 말을 타고 갔어요. 그런데 개암나무 잔가지 한 개가 모자에 살짝 스쳐 모자가 휙 벗겨졌어요. 아빠는 그 어린 잔가지를 꺾어 가지고 왔어요.

집으로 돌아온 아빠는 의붓딸들에게는 의붓딸들이 갖고 싶어 했던 것을 주고, 아셴푸텔에게는 개암나무 잔가지를 주었어요. 아셴푸텔은 아빠에게 고맙다고 말했어요. 그러고는 엄마 무덤으로 가서 개암나무 가지를 무덤 위에 심었어요. 어찌나 눈물을 많이 흘렸던지 눈물이 잔가지 위에 떨어져 잔가지가 촉촉이 젖었어요. 개암나무 가지는 쑥쑥 자라 아름다운 나무가 되었어요.

아셴푸텔은 날마다 세 번씩 그 나무 밑으로 가서 엉엉 울었어요. 그러고는 기도를 올렸지요. 그러면 그때마다 작고 하얀 새 한 마리가 나무 위로 날아왔어요. 아셴푸텔이 소원을 한 가지 말하면, 그 작은 새는 아셴푸텔이 바라는 것을 떨어뜨려 주었어요.

어느 날, 임금님은 사흘 동안 계속되는 잔치를 열었어요. 그 나라에 사는 아름다운 아가씨들은 모두 초대를 받았지요. 임금님의 아들이 직접 신붓감을 고르도록 하기 위해서였어요. 두 의붓딸은 자기네들도 잔치에 갈 수 있다는 말을 듣고는 마냥 좋아했어요.

"우리 머리 좀 빗겨 줘. 우리 구두에 솔질도 하고, 허리띠 버클도 단단히 채워. 우리는 임금님의 궁전에서 벌어지는 결혼식에 갈 거야."

두 의붓딸은 아셴푸텔을 불러 이렇게 말했어요.

아셴푸텔은 시키는 대로 다했어요. 하지만 엉엉 울었어요. 아셴푸텔도 그곳에 가서 춤을 추고 싶었거든요. 그래서 새엄마에게 갈 수 있게 허락해 달라고 부탁했어요.

"이 재투성이야, 너는 온몸이 먼지투성이이고 더러워. 그런데 결혼식에 가겠다고? 넌 옷도 없고 구두도 없는데, 춤을 추고 싶다고!"

새엄마가 말했어요.

하지만 아셴푸텔이 계속 애원하자, 새엄마는 마침내 이렇게
말했어요.
"내가 제비콩 한 사발을 잿더미 속에 쏟아 놓았어. 두 시간
안에 제비콩을 골라내면, 가게 해 줄게."
아셴푸텔은 뒷문으로 정원에 나가 외쳤어요.
"착한 아기 비둘기들아, 아기 잉꼬비둘기들아, 하늘 아래 있
는 너희 작은 새들아, 모두 이리로 와서 내가 콩 골라내는 것 좀
도와줘.

좋은 콩알은 작은 사발에 넣고,
나쁜 콩알은 너희들 모이주머니에 넣으렴."

그러자 부엌 창문으로 작고 하얀 비둘기 두 마리가 들어왔어
요. 뒤이어 새끼 잉꼬비둘기들이 날아 들어왔어요. 그리고 이어
서 하늘 아래 있는 온갖 종류의 작은 새들이 붕붕 소리를 내며
떼 지어 날아와 잿더미 주위에 내려앉았어요. 작은 비둘기들은
작은 머리를 까닥까닥하며 콕콕콕콕 콩을 쪼기 시작했어요. 그
러자 다른 새들도 콕콕콕콕 쪼기 시작했어요. 새들은 좋은 콩알
을 사발에 골라 넣었어요. 채 한 시간도 지나지 않아 새들은 그
일을 끝냈어요. 그러고 나서 모두 다시 날아갔지요.
아셴푸텔은 사발을 새어머니에게 갖다주었어요. 그러고는 기
뻐하며 이제는 잔치에 갈 수 있겠다고 생각했지요.
하지만 새엄마는 이렇게 말했어요.

"안 돼, 아셴푸텔. 너는 옷이 없잖아. 춤도 못 추고. 넌 웃음 거리만 될 거야."

아셴푸텔이 울자, 새엄마가 말했어요.

"잿더미 속에 있는 제비콩을 한 시간 안에 말끔히 골라내면, 보내 주지. 두 사발 그득 쏟아부을 거다."

새엄마는 아셴푸텔이 절대로 그렇게 못 할 것이라고 생각했어요. 새엄마가 제비콩 두 사발을 잿더미 속에 쏟아붓자, 아셴푸텔은 뒷문으로 정원에 나가 외쳤어요.

"착한 아기 비둘기들아, 아기 잉꼬비둘기들아, 하늘 아래 있는 너희 모든 작은 새들아, 모두 이리로 와서 내가 콩 골라내는 것 좀 도와줘.

**좋은 콩알은 작은 사발에 넣고,
나쁜 콩알은 너희들 모이주머니에 넣으렴."**

그러자 부엌 창문으로 작고 하얀 비둘기 두 마리가 들어왔어요. 뒤이어 새끼 잉꼬비둘기들이 들어왔어요. 그리고 이어서 하늘 아래 있는 모든 작은 새들이 붕붕 소리를 내며 떼 지어 날아들어와 잿더미 주위에 내려앉았어요. 새끼 비둘기들은 작은 머리를 까닥까닥하면서 콕콕콕콕 콩을 쪼기 시작했어요. 좋은 콩알은 모두 사발에 골라 넣었지요. 반 시간도 채 지나지 않았는데 새들은 벌써 일을 마치고는 모두 다시 날아갔어요.

아셴푸텔은 사발 두 개를 새엄마에게 가지고 갔어요. 한껏 기분이 좋아진 아셴푸텔은 이제는 잔치에 함께 갈 수 있겠다고 생각했어요.

하지만 새엄마는 이렇게 말했어요.

"아무리 그래도 소용없어. 넌 함께 갈 수 없어. 옷도 없고, 춤도 못 추잖아. 우리는 너 때문에 창피만 당할 게 뻔해."

그렇게 말한 뒤, 새엄마는 몸을 휙 돌리더니 우쭐거리는 두 딸과 함께 서둘러 집을 나섰어요. 집에 달랑 혼자 남게 된 아셴푸텔은 엄마 무덤으로 갔어요. 그리고 개암나무 밑에서 외쳤어요.

**"작은 나무야, 몸을 흔들어. 마구 뒤흔들렴.
금과 은을 내게 뿌려 줘."**

작은 새는 금빛과 은빛이 나는 옷 한 벌, 그리고 비단실과 은실로 수놓은 슬리퍼를 떨어뜨려 주었어요. 아셴푸텔은 총알같이 그 옷을 입고 연회장에 갔어요. 하지만 두 의붓 자매와 새엄마는 아셴푸텔을 알아보지 못했어요. 그 셋은 다른 나라에서 온 공주가 틀림없을 것이라고 생각했지요.

금빛 옷을 입은 아셴푸텔은 이루 말할 수 없이 아름다웠어요. 의붓 자매들과 새엄마는 아셴푸텔이리라고 꿈에도 생각하지 못했어요. 아셴푸텔은 집에서 더러운 옷을 입고 앉아 잿더미 속에서 제비콩을 골라내고 있을 것이라고 생각했지요.

왕자는 아셴푸텔에게 다가와 아셴푸텔의 손을 잡고 함께 춤

을 추었어요. 왕자는 아셴푸텔 외에 그 누구하고도 춤을 추려고 하지 않았어요. 왕자는 아셴푸텔의 손을 놓아주지 않았어요.

다른 남자가 다가와 아셴푸텔에게 춤을 추자고 하면 왕자는 이렇게 말했지요.

"이 아가씨는 나와 춤출 거예요."

아셴푸텔은 저녁때까지 춤을 춘 다음, 집으로 가려고 했어요. 하지만 왕자는 이렇게 말했어요.

"나도 함께 가겠어요. 아가씨를 바래다 드릴게요."

왕자는 이 아름다운 아가씨가 어느 집 딸인지 알고 싶었던 거예요. 하지만 아셴푸텔은 왕자에게서 후닥닥 달아나 비둘기 집으로 뛰어들어갔어요. 왕자는 아가씨의 아버지가 올 때까지 기다렸어요. 아셴푸텔의 아버지가 오자, 왕자는 이름도 모르는 그 아가씨가 비둘기 집으로 뛰어들어갔다고 했어요.

'그 아가씨가 혹시 아셴푸텔인가?'

노인은 생각했어요.

노인과 식구들은 왕자에게 비둘기 집을 두 동강 낼 수 있게 도끼와 곡괭이를 가져다주었어요. 어쩔 수가 없었지요. 하지만 비둘기 집 안에는 아무도 없었어요. 노인과 왕자가 집에 들어가자, 아셴푸텔은 자신의 더러운 옷을 입은 채 잿더미 속에 누워 있었어요. 굴뚝에서는 작은 석유 등잔의 불꽃이 희미하게 타고 있었고요. 아셴푸텔은 비둘기 집 뒷문으로 얼른 뛰어내려가 작은 개암나무로 달려간 거예요. 그러고는 아름다운 옷을 모두 벗고 무덤 위에 누웠지요. 그러자 작은 새가 그 옷들을 다시 가져갔어요. 아셴푸텔은 자신의 잿빛 작업복을 입고 부엌으로 와 잿더미 속에 앉아 있었던 거예요.

이튿날 잔치가 또다시 시작되자, 부모와 의붓 자매들은 또다시 집을 나섰어요.

아셴푸텔은 개암나무로 가서 말했어요.

**"작은 나무야, 몸을 흔들어. 마구 뒤흔들렴.
금과 은을 내게 뿌려 줘."**

그러자 작은 새가 어제보다 훨씬 더 화려한 옷을 떨어뜨려 주었어요. 아셴푸텔이 그 옷을 입고 연회장에 나타나자, 모두들 아셴푸텔의 아름다운 모습에 화들짝 놀랐어요. 왕자는 아셴푸텔이 올 때까지 기다렸다가 아셴푸텔의 손을 잡고 아셴푸텔하고만 춤을 추었어요.

다른 남자들이 와서 아셴푸텔과 춤을 추고 싶다고 하면, 왕자는 이렇게 말했어요.

"이 아가씨는 나와 춤출 겁니다."

어느 덧 저녁이 되었어요. 아셴푸텔은 그곳을 떠나려고 했어요. 그러자 왕자는 아셴푸텔의 뒤를 따라갔어요. 아셴푸텔이 어떤 집으로 들어가는지 보려고요. 하지만 아셴푸텔은 왕자에게서 후닥닥 달아나 집 뒤에 있는 정원으로 뛰어갔어요. 그곳에는 아름답고 큰 나무가 한 그루 서 있었어요. 그 나무에는 아주 탐스러운 배가 주렁주렁 달려 있었어요.

아셴푸텔은 작은 다람쥐처럼 아주 잽싸게 굵은 나뭇가지들 사이로 기어 올라갔어요. 왕자는 그 아가씨가 어디로 갔는지 알 수가 없었어요. 왕자는 아가씨의 아버지가 올 때까지 기다렸어요.

드디어 아가씨의 아버지가 오자, 왕자는 이렇게 말했어요.

"이름도 모르는 그 아가씨가 내게서 달아났어요. 아무래도 배나무 위로 뛰어 올라간 것 같습니다."

'그 아가씨가 혹시 아셴푸텔인가?'

아빠는 생각했어요.

아빠는 도끼를 가져오라고 했어요. 그러고는 나무를 베어 넘어뜨렸어요. 하지만 배나무 위에는 아무도 없었지요.

아빠와 왕자가 부엌에 들어가 보니 아셴푸텔은 여느 때처럼 잿더미 속에 누워 있었어요. 아셴푸텔은 배나무 뒤쪽에서 뛰어내린 뒤, 작은 개암나무 위에 있던 작은 새에게 아름다운 옷들을 다시 주고, 자신의 잿빛 작업복을 입은 것이지요.

셋째 날, 부모님과 의붓 자매들이 집을 나서자, 아셴푸텔은 또다시 엄마 무덤에 가서 작은 나무에게 말했어요.

**"작은 나무야, 몸을 흔들어. 마구 뒤흔들렴.
금과 은을 내게 뿌려 줘."**

그러자 작은 새는 옷 한 벌을 떨어뜨려 주었어요. 그 옷은 이루 말할 수 없이 아름답고, 반짝반짝 빛이 났어요. 아셴푸텔은 그런 옷을 한 번도 입어 본 적이 없었지요. 작은 새는 순금으로 만든 슬리퍼도 떨어뜨려 주었어요.

아셴푸텔이 그 옷을 입고 연회장에 가자, 사람들은 모두 깜짝 놀라 무슨 말을 해야 할지 몰랐어요. 왕자는 아셴푸텔하고만 춤을 추었어요.

누군가 아셴푸텔에게 춤을 추자고 하면, 왕자는 이렇게 말했지요.

"이 아가씨는 나와 춤출 거예요."

어느덧 저녁이 되었어요. 아셴푸텔은 그곳을 떠나려고 했어요. 그러자 왕자는 아셴푸텔을 바래다주려고 했어요. 하지만 아셴푸텔이 너무나도 빨리 왕자에게서 달아나자, 왕자는 아셴푸텔을 따라갈 수가 없었어요. 왕자는 꾀를 하나 생각해 냈어요. 왕자는 계단 전체에 역청을 바르라고 일렀어요. 아셴푸텔은 계단을 뛰어내려가다가 왼쪽 슬리퍼가 그만 역청에 딱 달라붙어 버리고 말았어요. 왕자는 그 슬리퍼를 주워 들었어요. 앙증맞은 슬리퍼는 순금으로 만들어져 있었어요.

이튿날 아침, 왕자는 슬리퍼를 들고 아셴푸텔의 아빠에게 가서 말했어요.

"이 순금 신발이 맞는 아가씨만이 내 아내가 될 수 있습니다."

두 의붓 자매는 기뻐했어요. 둘 다 발이 예뻤거든요.

큰딸은 슬리퍼를 들고 방으로 들어가 신어 보려고 했어요. 새엄마는 옆에 서 있었지요. 하지만 엄지발가락이 들어가지 않았어요. 슬리퍼는 큰딸에게는 너무 작았어요.

그러자 새엄마가 칼을 주며 말했어요.

"발가락을 잘라 버려. 왕비님이 되면, 걸어다닐 필요가 없으니까."

큰딸은 엄지발가락을 싹둑 잘라 낸 뒤, 슬리퍼 속에 발을 억지로 집어넣었어요. 큰딸은 고통을 꾹 참고 왕자에게 갔어요. 왕자는 큰딸을 신붓감이라고 생각하고 말에 태운 뒤, 함께 그곳을 떠났어요. 하지만 두 사람은 무덤 옆을 지나야 했지요.

작은 비둘기 두 마리가 작은 개암나무 위에 앉아 이렇게 외쳤어요.

"뒤를 봐. 뒤를 봐.
신발 속에 피가 있어.
그 신발은 너무 작아.
진짜 신부는 집에 앉아 있어."

왕자는 큰딸의 발을 보았어요. 정말 피가 줄줄 흐르고 있었어요. 왕자는 말머리를 돌려 가짜 신부를 다시 집으로 데려다 준 뒤, 말했어요. 큰딸은 진짜 신부가 아니니 다른 딸이 그 신발을 신어야 한다고요.

그러자 둘째 딸이 방으로 들어가 발가락 다섯 개를 모두 신발 속에 쑥 집어넣었어요. 다행히 발가락은 무사히 들어갔지만 뒤꿈치가 너무 컸어요.

그러자 새엄마가 칼을 주며 말했어요.

"뒤꿈치를 좀 잘라 내. 왕비님이 되면, 걸어다닐 필요가 없으니까."

둘째 딸은 뒤꿈치를 조금 잘라 냈어요. 그러고는 발을 억지로 신발 속에 쑤셔 넣었어요. 둘째 딸은 고통을 꾹 참고 왕자에게 갔어요.

왕자는 둘째 딸을 신부라고 생각하고는 말 위에 태워 함께 그곳을 떠났어요. 두 사람이 작은 개암나무 옆을 지나려고 하자, 개암나무 위에 앉아 있던 작은 비둘기 두 마리가 외쳤어요.

"뒤를 봐. 뒤를 봐.
신발 속에 피가 있어.
그 신발은 너무 작아.
진짜 신부는 집에 앉아 있어."

왕자는 둘째 딸의 발을 보았어요. 피가 신발 밖으로 줄줄 흘러넘쳐서 하얀 양말이 위쪽까지 완전히 새빨갛게 물들어 있었어요. 왕자는 말머리를 돌려 가짜 신부를 다시 집으로 데려다 주었어요.

"이 아가씨도 진짜 신부는 아닙니다. 딸이 또 없습니까?"

왕자가 말했어요.

"없습니다. 죽은 아내가 낳은 아셴푸텔이 있기는 합니다. 그 애는 어린 데다 별로 쓸모도 없는 아이입니다. 그 애는 절대로 왕자님의 신부가 될 수 없습니다."

아셴푸텔의 아빠가 말했어요.

왕자는 그 아가씨도 올려보내라고 했어요.

그러자 새엄마가 말했어요.

"아, 안 돼요. 그 애는 너무 더러워요. 그 애는 사람들 앞에 나타나면 안 돼요."

하지만 왕자는 그 아가씨를 꼭 보고 싶어 했어요. 할 수 없이 아셴푸텔을 부를 수밖에 없었지요. 아셴푸텔은 우선 손과 얼굴을 깨끗이 씻은 다음, 왕자 앞으로 가서 몸을 굽혀 인사했어요. 왕자는 아셴푸텔에게 황금 신 한 짝을 건넸어요. 아셴푸텔은 등받이가 없는 나지막한 의자에 앉아 무거운 나막신에서 발을 빼 순금 슬리퍼 속에 집어넣었어요. 슬리퍼는 발에 꼭 맞았어요. 아셴푸텔은 의자에서 일어났어요. 머지않아 임금님이 될 왕자는 아셴푸텔의 얼굴을 보자, 자신과 함께 춤을 추었던 아름다운 아가씨를 대번에 알아보았어요.

"이 아가씨가 진짜 신부다!"

왕자가 외쳤어요.

새엄마와 두 딸은 기겁을 했어요. 셋 다 화가 나서 얼굴이 창백해졌지요. 하지만 왕자는 아셴푸텔을 말에 태우고 함께 그곳을 떠났어요. 두 사람이 작은 개암나무 옆을 지나가려고 하자, 작고 하얀 비둘기 두 마리가 외쳤어요.

"뒤를 봐. 뒤를 봐.

신발 속에 피가 없어.
그 신발은 작지 않아.
진짜 신부지. 왕자님이 궁전에 데려가네."

작고 하얀 비둘기 두 마리는 노래를 마친 뒤, 나무 아래로 날아와 아셴푸텔의 양어깨에 앉았어요. 한 마리는 오른쪽 어깨에 앉았고, 다른 한 마리는 왼쪽 어깨에 앉았지요. 비둘기들은 계속 그렇게 앉아 있었어요.

아셴푸텔과 왕자의 결혼식이 막 거행되려고 하는데, 두 의붓 자매가 왔어요. 의붓 자매들은 아셴푸텔의 비위를 맞추고 알랑거려서 아셴푸텔의 환심도 사고, 아셴푸텔의 행운도 조금 얻고 싶었어요. 신랑 신부가 교회로 갈 때, 큰 의붓 자매는 오른쪽에, 둘째 의붓 자매는 왼쪽에 있었지요. 비둘기들은 의붓 자매들의 눈을 한 개씩 콕콕 쪼아 먹었어요. 그리고 나중에 신랑 신부가 교회에서 나올 때는 큰 의붓 자매가 왼쪽에, 작은 의붓 자매가 오른쪽에 서 있었어요. 비둘기들은 의붓 자매들의 나머지 눈을 또 콕콕 쪼아 먹었어요. 사나운 심보와 거짓말에 대한 벌을 받은 것이지요. 두 의붓 자매들은 평생 장님으로 살았어요.

작은빨간모자

 옛날 어떤 시골에 작고 귀여운 여자 아이가 살고 있었어요. 그 아이를 한 번이라도 본 사람들은 너나 할 것 없이 아이를 아주 예뻐했어요. 하지만 그 아이를 가장 예뻐한 사람은 아이의 할머니였어요. 할머니는 손녀에게 자꾸만 무언가를 주고 싶었지요. 어느 날, 할머니는 손녀에게 빨간색 우단으로 테 없는 작은 모자를 만들어 주었어요. 두건과도 같은 작은 모자는 아이에게 아주 잘 어울렸고, 또 아이가 언제나 그 모자만 쓰고 다녀서 사람들은 그 아이를 '작은빨간모자'라고 불렀어요.

 어느 날 작은빨간모자의 엄마가 작은빨간모자에게 말했어요.

 "작은빨간모자야, 이리 온. 여기 케이크 한 조각과 포도주 한 병이 있단다. 이걸 할머니께 갖다드리렴. 할머니가 아프셔서 기운이 없으셔. 이걸 드시면 기운을 차리실 거야. 날이 더워지기 전에 길을 떠나렴. 밖에 나가거든 얌전하고 예의바르게 걷고,

길을 벗어나면 안 돼. 그런 데로 가다가는 넘어지고, 포도주병을 깰 수 있으니까. 그러면 할머니는 아무것도 드실 수 없잖아. 그리고 할머니 방에 들어가면, 방안 이 구석 저 구석부터 둘러보지 말고 안녕히 주무셨느냐고 인사부터 꼭 하고."

"그럴게요."

작은빨간모자가 말했어요. 꼭 그러겠다고 다짐까지 했지요.

하지만 할머니는 마을에서 30분 거리에 있는 숲 속에 살고 있었어요. 작은빨간모자는 숲 속에서 늑대 한 마리를 만났어요. 하지만 작은빨간모자는 늑대가 나쁜 짐승이라는 것을 알지 못했어요. 그래서 늑대가 하나도 무섭지 않았어요.

"작은빨간모자, 안녕?"

늑대가 말했어요.

"늑대야, 고마워."

작은빨간모자가 말했어요.

"작은빨간모자야, 이렇게 일찍 어딜 가니?"

"할머니 집에 가."

"앞치마 밑에 들고 있는 건 뭐야?"

"케이크하고 포도주야. 어제 엄마랑 내가 함께 케이크를 만들었어. 병에 걸려 기운 없는 할머니가 드시고 기운을 차리시라고."

"작은빨간모자야, 할머니가 어디 사는데?"

"숲 속에 사셔. 아직도 15분은 더 가야 해. 그럼 커다란 떡갈나무 세 그루가 보여. 바로 그 밑에 할머니 집이 있어. 호두나무

울타리도 있고. 너도 보면 금방 알 거야."

작은빨간모자가 말했어요.

'저 꼬마는 어리고 보들보들하군. 진수성찬이 되겠는걸. 할머니보다 훨씬 맛있을 거야. 둘 다 잽싸게 꽉 잡으려면 머리를 아주 잘 써야겠다.'

늑대는 이렇게 생각했어요.

늑대는 잠시 동안 작은빨간모자와 나란히 걸어갔어요.

"작은빨간모자야, 사방에 예쁜 꽃들이 피어 있어. 좀 보렴. 넌 왜 주위를 둘러보지 않니? 작은 새들이 저렇게 사랑스럽게 노래를 하는데도 너는 하나도 듣지 않는 것 같아. 학교에 가는 것처럼 그저 앞만 보고 가는구나. 숲 속이 얼마나 재미있는데."

늑대가 말했어요.

작은빨간모자는 두 눈을 동그랗게 떴어요. 햇살이 나무들 사이로 이리저리 살랑살랑 춤을 추고, 주위는 온통 아름다운 꽃으로 그득했어요.

'꽃다발을 만들어서 할머니한테 곧바로 갖다드리면, 할머니도 기뻐하실 거야. 아직 이른 시간이니까 꽃다발을 만들어도 제때 닿을 수 있을 거야.'

작은빨간모자는 생각했어요.

작은빨간모자는 길을 벗어나 숲 속으로 들어가 꽃을 찾았어요. 작은빨간모자는 꽃 한 송이를 꺾으며 이렇게 생각했어요.

'숲 속에 조금 더 들어가면 더 예쁜 꽃이 있을 거야.'

작은빨간모자는 점점 더 숲 속 깊이 들어갔어요. 하지만 늑대는 곧바로 할머니의 집으로 달려갔어요. 그러고는 문을 두드렸어요.

"밖에 누구요?"

할머니가 말했어요.

"작은빨간모자야. 작은빨간모자가 케이크랑 포도주를 가져왔어. 문 열어 줘."

"손잡이만 누르면 돼."

할머니가 큰소리로 말했어요.

"나는 너무 기운이 없어서 일어설 수가 없단다."

할머니가 말을 이었어요.

늑대가 손잡이를 꾹 누르자, 문이 홱 열렸어요. 늑대는 한 마디도 하지 않고 곧바로 할머니의 침대로 갔어요. 그러고는 할머니를 꿀꺽 삼켰어요. 그런 다음 늑대는 할머니가 입고 있던 옷을 입고, 할머니의 머릿수건도 쓰고, 할머니의 침대에 누워 커튼을 모두 쳤어요.

작은빨간모자는 꽃을 찾아 이리저리 돌아다녔어요. 더는 들고 갈 수 없을 정도로 꽃을 많이 꺾은 뒤에야 비로소 할머니 생각이 퍼뜩 났어요. 작은빨간모자는 할머니 집을 향해 길을 떠났어요.

할머니 집의 문이 열려 있어서 작은빨간모자는 깜짝 놀랐어요. 할머니 방에 들어간 작은빨간모자는 참으로 묘한 기분이 들었어요.

'어머, 오늘은 왜 자꾸 무서운 기분이 들지? 할머니네 집에

오면 정말 좋았는데!'

작은빨간모자는 생각했어요.

"안녕히 주무셨어요?"

작은빨간모자가 큰소리로 말했어요. 하지만 할머니는 아무 말도 하지 않았어요. 작은빨간모자는 침대로 다가가 커튼을 모두 젖혔어요. 침대에는 할머니가 누워 있었어요. 머릿수건을 얼굴 깊숙이 눌러쓰고 있었지요. 할머니는 정말 이상해 보였어요.

"어머, 할머니, 귀가 참 크다!"

"그래야 네가 하는 말을 더 잘 들을 수 있잖아."

"어머, 할머니, 눈이 참 크다!"

"그래야 너를 더 잘 볼 수 있잖아."

"어머, 할머니, 손이 참 크다!"

"그래야 너를 더 잘 움켜쥘 수 있잖아."

"그런데, 할머니, 입이 무지 크다!"

"그래야 너를 더 잘 잡아먹을 수 있잖아."

늑대는 그 말을 끝내기가 무섭게 침대에서 펄쩍 뛰어나와 가여운 작은빨간모자를 꿀꺽 삼켰어요.

뱃속을 채운 늑대는 또다시 침대에 누웠어요. 그리고는 스르르 잠이 들었어요. 늑대는 드르렁드르렁 코를 골기 시작했어요. 그런데 마침 사냥꾼이 그 집 앞을 지나가고 있었어요.

'할머니가 코를 많이 고시네. 어디가 편찮으신지 들어가서 봐야겠다.'

사냥꾼은 생각했어요.

사냥꾼은 집 안으로 들어가 침대 앞으로 갔어요. 침대에는 늑대가 벌러덩 누워 있었어요.

"이 능구렁이야, 오랫동안 찾아다녔는데 마침내 여기서 만났구나."

사냥꾼이 말했어요.

사냥꾼은 엽총을 겨누려고 했어요. 그런데 늑대가 할머니를 잡아먹었을지도 모른다는 생각이 퍼뜩 떠올랐어요. 잘하면 할머니를 구할 수 있겠다는 생각도 들었지요. 그래서 사냥꾼은 늑대를 엽총으로 쏘지 않고, 가위를 집어 들고는 쿨쿨 잠자고 있는 늑대의 배를 쫙쫙 가르기 시작했어요. 몇 번 가위질을 하자, 작은빨간모자가 반짝이는 게 보였어요. 사냥꾼이 가위질을 몇 번 더 하자, 그 여자 아이가 팔짝 뛰어나오며 외쳤어요.

"아, 얼마나 놀랐는지 몰라요. 늑대 뱃속은 무지무지 깜깜했어요!"

곧이어 나이 많은 할머니도 늑대 뱃속에서 나왔어요. 할머니는 아직 살아 있기는 했지만 숨을 잘 쉬지 못했어요. 작은빨간모자는 얼른 큼지막한 돌덩이를 여러 개 가져와 늑대의 뱃속을 꽉 채웠어요. 잠에서 깨어난 늑대는 달아나려고 했어요. 하지만 돌덩이가 너무 무거워서 곧바로 푹 쓰러졌어요. 그대로 죽어 버렸지요.

세 사람은 모두 기뻐했어요. 사냥꾼은 늑대의 가죽을 벗겼어요. 그리고 집에 가져갔어요. 할머니는 작은빨간모자가 가져온 케이크를 먹고 포도주를 마셨어요. 할머니는 다시 기운을 차렸어요.

'앞으로는 엄마 말을 들어야겠다. 절대로 혼자서 길을 벗어나 숲 속으로 가지 말자.'

작은빨간모자는 생각했어요.

이런 이야기도 전해진답니다.

작은빨간모자가 나이 많은 할머니에게 또다시 오븐에 구운 케이크를 갖다드리려고 했어요. 그런데 또 다른 늑대가 작은빨간모자에게 말을 걸면서 길에서 벗어나게 하려고 했대요. 작은빨간모자는 그 말에 넘어가지 않고 곧장 자기 갈 길을 갔어요. 그리고 할머니에게 늑대를 만났다고 했어요. 늑대가 자기한테 인사를 했지만, 사악한 눈빛으로 바라보았다고 했지요.

"큰길이 아니었으면 늑대가 나를 잡아먹었을 거야."

작은빨간모자가 말했어요.

"자, 늑대가 들어오지 못하게 문을 꼭꼭 잠가 버리자."

할머니가 말했어요.

할머니 말이 끝나기가 무섭게 늑대가 문을 두드리며 외쳤어요.

"할머니, 문 열어. 나, 작은빨간모자야. 할머니 주려고 케이크 가져왔어."

작은빨간모자와 할머니는 한 마디도 하지 않았어요. 문도 열어 주지 않았고요. 그러자 호호 백발머리 늑대는 할머니 집 주위를 몇 바퀴 빙빙 돌더니 지붕 위로 껑충 뛰어 올라갔어요. 저녁이 되어 작은빨간모자가 집에 갈 때까지 기다리려고 한 거예요. 하지만 할머니는 늑대가 무슨 생각을 하는지 바로 알아차렸어요. 할머니 집 앞에는 돌로 만든 커다란 통이 하나 있었어요.

"작은빨간모자야, 양동이를 가져와. 내가 어제 소시지를 많이 삶았어. 소시지 삶은 물을 양동이에 담아 통에 부으렴."

할머니가 손녀에게 말했어요.

작은빨간모자는 아주아주 커다란 통이 그득 찰 때까지 소시지 삶은 물을 계속 날랐어요. 그러자 소시지 냄새가 늑대 콧속으로 솔솔 들어갔어요. 늑대는 냄새를 맡으려고 킁킁거리며 아래를 내려다보았어요. 그런데 목을 너무 길게 빼는 바람에 그만 몸의 균형을 잃고 지붕에서 주르르 미끄러졌어요. 늑대는 그 커다란 돌로 된 통 속에 풍덩 빠졌어요. 그리고 죽었어요.

작은빨간모자는 기쁜 마음으로 집에 갔어요. 아무도 작은빨간모자에게 해를 끼치지 않았지요.

>>> 작품 해설

"옛날 옛적에"로 시작하는 옛이야기는
오늘, 여기에서 살아 숨쉬고 있는 나의 가슴을
여전히 뛰게 만든다

외계인들끼리의 대화 장면을 상상해 본다.

"지구에는 '책'이라는 게 있다고 하더라. 가장 많이 읽히는 것 두 권만 골라오너라."

명령을 받고 지구에 온 외계인은 기독교 성경과 『그림 형제 동화집』을 가져갈 것이다. 그렇다. 수세대에 걸쳐 민중들 사이에서 입에서 입으로 전해 내려온 독일의 옛이야기들을 모아 그림 형제가 자신들의 언어와 문체로 고쳐 쓴 『그림 형제 동화집』은 독일에서 출간된 책들 중에서 전 세계적으로 가장 널리 보급된 책이고, 세계 문학 중에서 성경 다음으로 많이 읽히는 책이라고 한다.

어릴 적 백설공주와 신데렐라 이야기를 읽은 기억이 난다. 무섭기도 하고, 재미있기도 했다.

나는 이렇게 생각했다.

'어떻게 이런 이야기들을 만들어 냈을까? 참 신기하다.'

「백설공주」와 「신데렐라」를 까마득히 잊고 있었던 나는 최근에 그 동화들을 다시 읽었다. 어릴 적 읽었던 때와 차이라면, 내가 더는 어린이가 아니라는 것(그래서 백설공주의 새엄마도 무서울 것 같지 않았다.), 그리고 우리말이 아닌 독일어로 읽었다는 점이었다. 독일어 동화집에는 '백설공주'와 '신데렐라'가 '작은흰눈이'와 '아셴푸텔'(영어 단어인 '신데렐라'와 마찬가지로 '재'를 뜻함.)로, '임금님'과 '왕비님'은 '임금'과 '왕비'로 나와 있었다(왠지 임금님과 왕비님은 임금과 왕비보다 왕관도 더 크고, 왕좌 또한 높을 것 같다.). 또한 원문에는 '-했어요', '-했답니다'와 같은 서술어미가 없었다. 우리말 동화에서 종종 접하는 '-했어요'체는 이야기꾼이 바로 내 곁에서 아주 재미있게 소곤소곤 이야기를 들려주는 듯한 느낌이 들게 한다.

마음속의 큰 파도 없이 담담하게 읽어 내려갈 것 같던 그 옛이야기들은 나의 단순한 추측을 여지없이 무너뜨려 버렸다. 백설공주의 계모가 나타날 때마다 나는 긴장되고 섬뜩했다. 내가 미숙한 어른인가? 스스로 묻기도 했다. 하지만 나처럼 마음속에 뭔지 모를 움직임이 일고, 감동을 느끼는 어른들이 또 있다고 한다. 독일어를 모국어로 사용하는 어른들이 바로 그들이다.

독일어권에서 나고 자란 이들은 어린이들부터 어른이 된 저명한 작가들까지 『그림 형제 동화집』을 즐겨 읽고, 높이 평가한다고 한다. 특히 널리 알려진 몇몇 그림 동화들은 수많은 사람들에게는 어

》

릴 적부터 너무나도 친근한 것, 너무나도 친근해서 그 존재를 당연하게 여기게 되는, 그 어떤 것이라고 한다. 매순간 숨을 쉬기 위해 들이마시는 공기라거나 매일 먹는 빵이라거나 또는 부모가 베풀어주는 사랑과도 같은 것으로 여기는 것이다.

'그림 형제'로 알려진 야코프 그림과 빌헬름 그림은 각기 독일 중부 헤센주에 있는 소도시 하나우에서 1785년, 1786년에 칼뱅교(*칼뱅주의를 신봉하는 기독교의 한 파.)를 믿는 중산층 가족에서 첫째 아들과 둘째 아들로 태어났다. 그림 형제는 모두 9남매로 그중 셋은 어려서 죽었다. 그림 형제는 누이동생 한 명과 남동생이 세 명 있었다. 야코프 그림보다 세 살 어린 남동생 페어디난트 그림은 민간 설화집을 4권 출판했고, 막내 동생인 남동생 루트비히 에밀 그림은 저명한 화가로 의미 있는 자서전을 집필했으며, 두 형이 낸 전래 동화집에 삽화를 그렸다. '그림 형제' 하면 야코프 그림과 빌헬름 그림을 일컫는 것은 두 형제가 60여 년 동안 삶을 함께 하고, 공동 작업을 했기 때문이다. 그림 형제는 크고, 아름답고, 아늑한 집에서 부모의 사랑과 보살핌을 받으며 동생들과 화목하게 지냈다.

야코프 그림이 6세이던 1791년, 그림 가족은 법관으로 일하던 아버지를 따라 고향 하나우에서 45킬로미터 떨어진 슈타이나우로 이사했다. 슈타이나우는 고대 소도시로 성문과 탑, 목조건물, 성의 보루, 숲 속 오솔길 등 동화적인 분위기가 물씬 풍기는 곳이었다. 전래 동화를 좋아하던 그림 형제는 양치기, 목동, 마부, 사냥꾼, 군인, 하녀들이 들려주는 이야기를 귀 기울여 듣곤 했다. 나이가 지긋한 친척이나 부모님의 친구들 또한 그림 가족을 방문하면, 그 집 자녀들에게 민담과 설화를 들려주었다.

유복하고 안락하게 지냈던 아름다운 유년기는 그림 형제의 아버지가 야코프 그림이 11세이던 1796년에 폐렴으로 갑작스럽게 세상을 떠남으로써 끝나고 말았다. 그림 가족은 생계가 막막했다. 카셀 궁전에서 시녀로 근무하고 있던 그림 형제의 이모는 야코프 그림과 빌헬름 그림을 돌봐주기로 했다. 그림 형제의 어머니는 두 아들이 법관의 길을 가기를 바라는 마음에서 두 아들을 카셀로 보냈다. 그림 형제는 이모의 도움으로 상류층 자녀들이 다니는 상급학교에서 공부한 뒤, 마어부어크대학에서 법학 공부를 시작했다.

하지만 그림 형제는 법관이 되고 싶은 생각은 없었다. 두 형제는 고대 독일 문학을 탐구하기 위해서 여가 시간이 많은 직업을 갖기를 원했다.

어려서부터 전래 동화를 즐겨 들었던 그림 형제는 대학에서 법사학자인 프리드리히 카를 폰 자비니 교수와 문학사가인 루트비히 바할러 교수를 통해 옛 문헌의 중요성을 알게 되고, 12-3세기의 고대 독어독문학에 대해 관심을 갖게 되었다. 그림 형제는 특히 전래 동화에 관심이 많았다. 구전되던 민요, 나아가 옛이야기에 대한 그

>>>

 림 형제의 관심은 두 낭만주의 작가들을 알게 되면서 한층 더 높아졌다. 그들은 바로 민요 모음집 『소년의 마술 뿔피리』를 함께 출간한 클레멘스 브렌타노와 아힘 폰 아어님이다. 자비니의 처남이었던 브렌타노는 이 민요 모음집 후편을 준비하면서 자비니에게 카셀의 도서관에서 짤막한 옛 민요를 찾아 필사해 줄 사람을 알아봐 달라고 부탁했다. 자비니는 야코프 그림을 추천했다. 그림 형제는 옛 민요를 발췌하여 브렌타노에게 보냈다. 그림 형제는 민요를 폭넓게 수집했다(유감스럽게도 이 민요집은 출간되지 않았다.).

학업을 중단하고 카셀의 '헤센전시위원회'에서 비서로 일하고 있던 야코프 그림과 1806년 학업을 마치고 카셀에 돌아온 빌헬름 그림은 나폴레옹이 이끄는 프랑스 군대가 카셀을 점령하자, 전래 동화를 수집하기 시작했다. 1809년, 전래 동화 수집에 관심을 갖게 된 브렌타노는 그림 형제에게 그들이 모은 민담을 보내달라고 요청했다. 그림 형제는 3년 동안 모은 전래 동화 수십 편을 필사해 브렌타노에게 보내고, 한 부를 더 필사해서 간직했다.

출간의 목적 없이 전래 동화를 수집하고 있던 그림 형제에게 아어님은 그 전래 동화들을 책으로 출간하라고 권했다. 당시 독일에는 민중들 사이에서 이야기되던 옛이야기들을 수집해 어린이를 교육시킬 목적으로 출판된 책들이 이미 여러 권 있었다. 하지만 이 전래 동화집들은 옛이야기의 어휘 및 표현뿐만 아니라 내용을 이리저리 바꾸었기 때문에, 그림 형제는 이에 불만을 느꼈다. 그림 형제는 들은 옛이야기를 그대로 문자로 기록하여 책으로 내고 싶었다. 아어님의 도움으로 1812년 12월 20일, 그림 형제가 6년 동안 수집한 전래 동화 86편은 마침내 『어린이들과 온가족이 함께 읽는 옛이야기(Kinder- und Hausmärchen)』라는 제목으로 세상의 빛을 보게 되었다. 그림 형제는 이 전래 동화집 머리말에서 지금이야말로 "오래된 것을 모으고 보존해야 할 때"라고 하면서 "바로 전래 동화를 보존해야 할 때"라고 언급했다. "왜냐하면 전래 동화를 지켜야 할 사람들이 점차 줄어들고 있었기 때문"이었다.

그림 형제는 왜 그러한 절박함을 느꼈을까? 당시 독일은 계몽주의 사상이 지배하고 있었고, 산업화가 서서히 시작되고 있었으며, 프랑스의 지배를 받고 있었다. 합리성과 유용성을 강조하던 계몽주의는 놀랍고도 경이로운 세계가 펼쳐지고, 언제나 선함이 승리함으로써 해피앤딩으로 끝나고, 누가 지었는지 아무도 모른 채 수세대에 걸쳐 구전되어 온, 비교적 짧은 옛이야기, 곧 '메르헨'이 거짓으로 꾸며낸 이야기일 뿐만 아니라, 계몽과는 거리가 먼 미신을 좇는 민중에 의해 이야기된다고 여겨서 옛이야기는 물론 '메르헨'이라는 단어조차도 경멸했다. 또한 계몽주의를 신봉하는 사람들은 시민계급의 어린이들을 그러한 옛이야기로부터 보호해야 한다고 생각했다. 그림 형제가 전래 동화에 대한 위기감을 느낀 것은 비단 이뿐만이

》》

아니다.

영국과 프랑스에 이어 독일에서도 점차 산업혁명의 기운이 퍼지면서 전통을 굳건히 지켜 오던, 농경 중심의 공동사회가 변화하고 차츰 사라지기 시작했다. 대가족이 해체되고 소가족이 형성되고, 이웃이나 마을 공동체가 사라짐으로써 입에서 입으로 전해 내려오던 옛이야기들이 그 자취를 감추게 될 위기에 처한 것이다.

또한 그림 형제는 나폴레옹의 지배하에 있던 독일인들에게 민족의식을 강화하는 교육서이자 민중의 책을 내고 싶었다. 그림 형제는 전래 동화에 독일 민족의 신화와 세계관, 문화와 혼이 오롯이 담겨 있다고 굳게 믿었다.

그림 형제는 주로 누구한테서 이야기를 들었을까? 그림 형제는 독일 전역을 누비며 전래 동화를 채록하지는 않았다. 그림 형제는 친척들, 친구들, 농장 관리인, 그리고 같은 지역에 거주하는 몇몇 여성들에게서 전래 동화를 들었다. 전래 동화를 듣고 있노라면, 숲 속에서는 피리 소리와 우편마차 나팔 소리가 울려 퍼졌다. 그리고 저녁 무렵이면 가물가물 일렁이는 벽난로의 불빛 앞에서 옛이야기를 들었다. 그림 형제는 『어린이와 온가족이 함께 읽는 옛이야기』 제2권의 머리말에서 자신들에게 이야기를 들려준 이야기꾼은 헤센 토박이로 중년의 농부 아낙인 도로테아 피만이라고 언급했다. 실제로 그림 형제에게 가장 많이 전래 동화를 들려준 피만 부인은 위그

노파(*16세기에서 17세기 프랑스 칼뱅파 신교도.) 신자의 후손으로 독일인 재봉사의 아내였다. 또한 피만 부인은 교양이 풍부한 여성이었다. 피만 부인을 그림 형제의 집에 보낸 사람은 카셀에 살고 있던 한 프랑스 인 목사였다.

도로테아 피만 이외에도 그림 형제에게 전래 동화를 들려준 사람들로는 주지사로 근무하던 하센플루크 가문의 젊은 세 딸들과 빌트 가문의 젊은 딸을 들 수 있다. 특히 하센플루크 가문의 딸들은 폭넓게 독서를 했고, 교양이 풍부했으며, 도로테아 피만과 마찬가지로 위그노파 신자들이었다. 하센플루크 부인은 프랑스의 위그노 가정 출신으로 딸들에게 자신이 어릴 적 들었던 프랑스 동화를 비롯해 많은 동화를 프랑스 어로 들려주었다. 이들 역시 그림 형제의 집을 방문해 옛이야기를 들려주었다. 그림 형제는 그들에게서 들은 이야기를 헤센의 고유한 이야기라고 믿었다. 그들이 들려주는 이야기들은 교육을 받지 못한 소박한 사람들의 이야기 방식과는 달리, 보다 높은 완결성을 지니고 있었다.

그림 형제는 자신들에게 옛이야기를 들려준 사람들이나 자신들이 이야기를 수집하는 방식에 대해서 상세하게 글을 남기지 않았다. 그러한 것이 별로 중요하지 않다고 여겼기 때문이다. 시민계급의 여성들이 옛이야기를 들려준다 하더라도 이미 그 이야기들은 민중들 사이에서 생겨나 몇 세대에 걸쳐 민중에게 전해 내려오는 것이라고

》〉〉

믿었던 것이다.

그림 형제는 들은 대로 글로 옮겨 전래 동화를 원형 모습 그대로 보존하고 싶었다. 하지만 그러한 계획을 실천에 옮기지는 않았다. 그림 형제는 자신들이 들은 전래 동화를 대폭 수정해서 기록했다. 불완전하게 여겨지는 것은 보충하고, 보다 단순하고 순수한 형태가 되도록 묘사했으며, 미심쩍어 보이는 것은 과감히 삭제했다. 또한 여러 구연자들로부터 들은 이야기를 한 편의 이야기로 만들기도 하고, 몇 가지 변형을 합성해 하나의 이야기로 엮기도 했다. 뿐만 아니라 그림 형제는 어휘 및 표현법과 문체도 바꾸었다.

원래의 의도와 달리, 크게 손을 본 이유로 그림 형제는 전래 동화에 내포된 교육적인 측면을 들었다. "전래 동화에는 교육적인 면이 꽤 많이 깃들어 있"기 때문에 어린이들을 위해 개작했다는 것이다. 그림 형제가 염두에 두었던 교육적인 면이란 오늘날 사용되는 뜻과는 사뭇 다르다. 그림 형제는 독일의 옛이야기에 독일 민족의 혼과 정신이 깃들어 있다고 굳게 믿었기 때문에, 그러한 정신적 보물이 전래 동화를 통해 어린이들에게 전달되고, 그렇게 함으로써 아동 교육에 이바지하기를 기대했다.

『어린이들과 온가족이 함께 읽는 옛이야기』라는 제목에서 알 수 있듯이 그림 형제는 어린이 독자만을 위해 전래 동화집을 출간한 것은 아니었다. 전래 동화를 원형 그대로 보존하려는 의지가 강렬했던 만큼 어린이들에게는 부적절한 내용도 초판에는 실려 있었다. 성적인 것을 떠올리게 하는 내용이나 어린이와 어른의 잔혹한 행위도 그대로 묘사되었다. 또한 어린이 독자에게는 결코 친절하다고 할 수 없는 점들도 있었다. 예들 들면 삽화도 실리지 않았고, 학문적인 주석도 달려 있었다. 성적인 면과 잔혹한 장면들이 어린이들에게 부적절한 내용이라는 비난이 일자, 그림 형제는 어린이 독자를 고려해 내용을 수정했다. 「개구리 임금님」과 같은 동화에서 성적인 것을 연상시키는 표현이나 문장들은 그 내용을 바꾸거나 삭제했다. 또한 기독교적 색채를 가미하고, 「백설공주」와 「헨젤과 그레텔」의 어머니를 계모로 바꾸었다. 두 어머니상이 당시 시민계층의 어머니상에 어긋났기 때문이다.

평생을 함께 하고, 정신적인 쌍둥이처럼 공동 작업도 함께 했던 그림 형제도 전래 동화를 개작하는 과정에서는 의견이 일치하지 않았다. 형인 야코프 그림은 전래 동화의 교육적인 가치를 인정하면서도 개작보다는 가능한 한 정확하게 묘사를 하는 일에 더 큰 가치를 두었고, 문학적인 감수성과 재질을 모두 갖추고 있었던 동생 빌헬름 그림은 문학성에 관심이 많았다. 빌헬름 그림은 아동 교육을 우선시하여 개작의 필요성을 좀 더 절실하게 느꼈다. 1812년에 나온 초판 제1권과 그로부터 3년 뒤에 나온 초판 제2권을 묶어 1819년에 『어린이들과 온가족이 함께 읽는 옛이야기』 제2판이 출간되었다. 총 156

〉〉〉

편을 수록한 이 개정판은 빌헬름 그림이 개작을 거의 혼자 전담하다 시피 했다. 빌헬름 그림은 다양하고 뛰어난 표현법을 사용하고, 속담도 곁들였다.

그림 형제의 노력에도 불구하고 그림 형제 동화집은 독자들에게 큰 사랑을 받지는 못했다. 1825년, 빌헬름 그림은 그때까지 전집(* 초판 제1권과 제2권을 묶어 1819년에 출간한 개정판을 뜻함.)에 실렸던 전래 동화들 중에서 50편을 골라 아버님의 충고대로 삽화를 곁들여 새로운 유형의 전래 동화집을 냈다. 동판화 삽화 7점은 그림 형제의 막내 동생인 루트비히 에밀 그림이 그렸다. 이 전래 동화집에는 보물창고에서 이번에 번역, 소개되는 그림 형제 동화집에 실린 동화들 중 14편과 「성모 마리아의 아이」, 「숲 속의 세 난쟁이」, 「어부와 아내」 등이 수록되어 있다. 딱딱한 학술적인 분위기를 말끔히 없애고, 글과 그림이 조화롭게 어우러진 이 전래 동화집은 크나큰 성공을 거두었다.

1812년부터 최종판을 낸 1857년까지 그림 형제는 끊임없이 자신들이 낸 전래 동화집을 다듬고, 또 다듬었다. 하지만 그림 형제가 처음부터 끝까지 고수한 게 있었다. 그것은 외국의 전래 동화들을 실었다는 점, 그리고 초판이 나왔을 때부터 비난을 받았던 잔혹한 장면들이다.

그림 형제는 순수 독일적인 전래 동화만을 수집해 자신들의 전래 동화집에 수록하려고 했다. 카셀에서 이야기를 들려준 여성들은 프랑스 위그노파 후손들이었기 때문에 옛이야기 수집가이면서 전래 동화집을 펴낸 프랑스 인 샤를 페로(1628-1703)의 옛이야기들을 잘 알고 있었다. 그림 형제는 그 여성들이 들려준 「장화 신은 고양이」나 「푸른 수염」과 같은 몇몇 전래 동화가 헤센에서 전해져 내려오는 이야기라고 믿었다. 하지만 그림 형제는 그 두 편의 동화가 자신들보다 100여 년 앞서 살았던 페로의 동화라는 사실을 깨닫고는 개정판에서 삭제했다. 그러나 그림 형제는 프랑스 전래 동화인 「작은 빨간모자」나 「재투성이 아가씨 아셴푸텔」을 비롯한 몇몇 동화는 여전히 삭제하지 않았다. 그 동화들은 유럽 전역에서 구전되어 내려오던 동화였기 때문이다.

그림 형제 동화집에는 무시무시한 장면이 적지 않게 등장한다. 초판이 나왔을 때, 아어님을 비롯한 비평가들이 그러한 잔혹성을 신랄하게 비판했지만, 어린이 독자를 위해 개정판을 전담했던 빌헬름 그림은 「아이들의 사람 죽이기 놀이」 딱 한 편만 삭제했다. 그림 형제 동화집에는 목적을 위해 자기 몸을 스스로 다치게 한다든지 자식을 내다 버리는 것뿐만 아니라 그 이상의 잔혹한 일, 곧 살인과 식인 행위도 벌어진다. 마녀는 아이들을 잡아먹고, 새엄마는 의붓자식을 살해하게 한 다음 그 몸을 먹는다. 또한 나쁜 짓을 한 벌로 장님으로 만든다든가 시뻘겋게 달아오른 쇠 슬리퍼를 신고 죽을 때까지 춤을

》》

춰야 하는, 고문과도 같은 일도 벌어진다.

오늘날의 동화책에서 만일 이러한 내용이 다루어졌다면, 그림 형제 동화집처럼 권장 도서가 되기는커녕 아예 출판도 되지 못할 것이다. 그림 형제는 자신들이 수록한 전래 동화에 나타난 잔혹한 면은 전래 동화의 중요한 요소 중 하나라고 믿었다. 그림 형제가 그러한 잔혹성을 1857년에 출간된 최종본까지 고수한 데에는 다음과 같은 배경이 있다. 서구의 근대에는 흉년이 들거나 전염병이 발생하면, 자식들을 버리기도 하고, 몇 백 년 동안 지속되었던 마녀 사냥에서는 백설 공주의 계모가 받았던 것과 똑같은 무시무시하고 끔찍한 벌을 내리기도 했다. 두 가지 모두 당대 사람들이 살면서 전해 듣거나 실제로 경험한 것들이라고 할 수 있다.

하지만 그림 형제는 인간 세계의 단면이라고 할 수 있는, 그러한 어두운 면들을 어린이들에게 전하려는 목적에서, 단지 그 이유로만 그와 같은 이야기들을 쓴 것일까? 이에 대해서는 다음과 같은 해석이 있다. 마녀나 늑대처럼 원천적으로 악을 지닌 존재들은 철저히 벌을 주어 이 세계에서 확실하게 없애 버리지 않으면, 언젠가는 또다시 그 사악한 힘을 발휘할지도 모르므로 전래 동화의 결말 부분에서 완전히 제거해 버린다는 것이다. 우리를 두려움에 떨게 하는 그 어떤 존재가 위와 같은 방식으로 말끔하게 사라진다면, 그것도 영원히 사라져 버린다면, 그것처럼 우리를 기쁘게 하는 일이 또 있을까?

》》》

전래 동화에서는 위험에 처한 주인공들이 자신이 뜻한 바를 이루기 위해 최선을 다한다. 두려워하지 않고 용기를 내서 오직 목표를 향해 꿋꿋이 나아간다. 그러다 보면 정말 동화에서처럼 도와주는 이들이 나타난다. 한 번도 좌절하지 않던 주인공들은 그 모든 악랄한 방해꾼들을 물리치고, 드디어 뜻을 이루고 행복에 이른다. 삶과 이 세계에 대한 낙관적인 태도가 전래 동화에 튼실한 뿌리처럼 자리 잡고 있는 것이다.

수천 년 전부터 입에서 입으로 전해 내려왔다는 옛이야기들. 전 세계의 모든 민족들은 전래 동화를 갖고 있다. 독일에서도 옛이야기는 무수히 많았다. 그림 형제는 그중 200여 편을 골라 자신들의 관점에서 개작했다. 엄밀하게 말하면, 그림 형제 동화집은 구전되어 오던 전래 동화라고는 할 수 없을 것이다. 또한 온전한 창작 동화도 아니다. '그림 형제 동화'라는 표현보다는 '독일의 그림 형제가 들려주는 독일의 옛이야기'라고 표현하는 것이 더 좋을 듯하다.

야코프 그림은 "가늘고, 길고, 곧은, 마법의 잔가지" 한 개가 운 좋게도 자신과 동생의 손에 들어왔다고 말했다고 한다. 당시 하찮은 것으로 취급되어 업신여김을 당하던 옛이야기들은 그림 형제에게는 마법의 잔가지였던 것이다. 그림 형제는 마치 원광석을 채굴하듯이 민중 사이에서 떠도는 전래 동화를 모으고, 보석을 다듬듯이 기록하고 출간해 오늘날 독자들에게까지 전해 준 것이다. 자칫 사라지

≫

고 잊힐 위기에 처했던 옛이야기의 의미를 깨닫고, 책으로 펴낸 것은 그림 형제가 최초였다.

그림 형제는 초판부터 45년 뒤 출간된 최종판에 이르기까지 끊임없이 자신들의 전래 동화집을 수정하고 개작했다. 그림 형제는 훼손되지 않은 원래 모습을 담고 있으며, 깊은 의미의 통일성을 이루고 있고, 아울러 순진무구한 동심이 오롯이 담겨져 있는 옛이야기들을 글로 남기고 싶어 했다. 이러한 이유로 그림 형제는 독일 전래 동화의 독특한 문체를 만들어 냈고(최종판에 실린 전래 동화 200편 중 반수 이상은 "옛날 옛적에"로 시작한다. 이 표현 역시 그림 형제가 창조한 표현이다.), 전래 동화를 폄하하던 시민계층의 독자들도 즐겨 읽게 되었다.

200년이 지난 오늘날까지 고전으로 사랑받는 『어린이들과 온가족이 함께 읽는 옛이야기』는 실로 막대한 영향을 끼쳤다. 전 세계의 다양한 민족들은 자신들의 옛이야기를 모으기 시작했고, 그림 형제의 전래 동화는 다각도로 연구되는 한편, 작가, 작곡가, 예술가, 연구자, 영화제작자들에게도 크나큰 영향을 끼쳤다. 그림 동화는 오늘날도 캐리커처, 패러디, 오페라, 광고 등에 등장한다. 그뿐이 아니다. 일상생활에서도 심심치 않게 그림 동화의 인물들은 연상된다(영화나 텔레비전 드라마에서 포악하고 사납게 생긴 인물을 보면, 나는 어김없이 백설공주의 새엄마가 떠오른다.). 그리고 권위와 고상함과

⋘

세련됨이 중시되는 곳에서도 그림 동화의 입김을 찾아볼 수 있다. 2010년에 거행된 스웨덴 공주의 결혼식장에서 공주의 신랑인 평민 출신의 남성은 '개구리 임금님'을 언급했다. 축하객들은 모두 얼굴 가득 함박웃음을 지었다.

그림 형제의 전래 동화집은 전 세계의 모든 문화권에서 100여 개 언어로 번역, 출간되었다. 『아이들과 온가족이 함께 읽는 옛이야기』는 2005년, 유네스코가 지정한 세계기록유산에 등재되었다. 우리에게는 독일의 옛이야기를 들려주는 사람들로 잘 알려진 그림 형제는 평생 따로 또 함께 활발한 저술 활동을 했다. 야코프 그림은 『독일 신화』, 『독일어 문법』, 『독일어 역사』 등을, 그리고 빌헬름 그림은 『독일 영웅 전설』을 집필했다. 형제가 함께 저술한 것으로는 『독일 전설』과 『독일어 사전』이 있다.

외계인들은 그림 형제 동화집을 읽었을까? 읽었다면 무엇을 느꼈을까? 공기와 바람, 햇살에 따라, 또 어떻게 들고 있으며 어떤 세기로 흔들었느냐에 따라 매번 다른 소리와 형상과 빛이 뿜어져 나올 그 "마법의 잔가지"를 알게 되었을까? 그들은 내가 어렸을 적 생각했던 것과는 다른 말을 할지도 모른다. 예를 들면 다음과 같이.

"지구인들은 왜 이런 생각을 할까?"

-옮긴이 이옥용

〈올 에이지 클래식〉으로 만나는 '세계의 고전', 함께 읽어 보세요!

어린 왕자 생텍쥐페리
동물농장 조지 오웰
행복한 왕자 오스카 와일드
변신 프란츠 카프카
안네의 일기 안네 프랑크
안데르센 동화집 한스 크리스티안 안데르센
그림 형제 동화집 그림 형제
비밀의 화원 프랜시스 호즈슨 버넷
빨간 머리 앤 루시 모드 몽고메리
버드나무에 부는 바람 케네스 그레이엄

그림 형제 (Brüder Grimm)

'그림 형제'로 알려진 야코프 그림과 빌헬름 그림은 독일 중부 소도시 하나우에서 법관의 첫째 아들과 둘째 아들로 1785년과 1786년에 각기 태어났다. 두 형제는 60여 년 동안 삶을 함께 하고, 공동 작업을 해 '그림 형제'로 불린다. 그림 형제는 아버지가 사망한 뒤, 이모의 도움으로 마어부어크대학에서 법학 공부를 시작했지만, 옛이야기에 독일 민족의 신화와 세계관, 문화와 혼이 오롯이 담겨 있다는 믿음으로 전래 동화 수집에 더 큰 관심을 가지게 되었다. 1812년에 그림 형제가 6년 동안 수집한 전래 동화 86편이 『어린이들과 온가족이 함께 읽는 옛이야기』라는 제목으로 세상에 나왔으며, 1825년에는 동생 빌헬름 그림이 글과 그림이 조화롭게 어우러진 새로운 유형의 전래 동화집을 펴내 큰 성공을 거두었다. 그림 형제의 전래 동화집은 100여 개 언어로 번역·출간되었으며, 『아이들과 온 가족이 함께 읽는 옛이야기』는 2005년에 유네스코가 지정한 세계기록유산에 등재되었다. 야코프 그림은 『독일 신화』, 『독일어 문법』, 『독일어 역사』 등을, 빌헬름 그림은 『독일 영웅 전설』을 집필했다. 형제가 함께 저술한 것으로는 『독일 전설』과 『독일어 사전』이 있다.

아서 래컴 (Arthur Rackham)
1867년 영국 런던에서 태어났다. 램버스 미술학교를 다녔고, 1893년 〈웨스트민스터 예산〉의 전업 화가가 되면서 본격적으로 그림을 그리기 시작했다. 그림 형제의 동화에 그린 그림이 1900년에 출간되면서 명성을 얻었다. 특히 영국 고전소설을 즐겨 읽었고 고전소설 삽화를 많이 그렸다. 그린 책으로 『이상한 나라의 앨리스』, 『버드나무에 부는 바람』, 『크리스마스 캐럴』, 『그림 형제 동화집』 등이 있다.

이옥용
서강대학교와 동대학원에서 독문학을 공부한 뒤, 독일 콘스탄츠대학교에서 독문학과 철학을 공부하고, 서울대학교에서 박사 학위를 받았다. 2001년 '새벗문학상'에 동시가, 2002년 '아동문학평론 신인문학상'에 동화가 각각 당선되었다. 2007년 '푸른문학상'을 받았으며, 지은 책으로 동시집 『고래와 래고』가 있다. 현재 번역문학가로도 활동하고 있으며, 옮긴 책으로 『변신』, 『압록강은 흐른다』, 『그림 속으로 떠난 여행』, 『그림 없는 그림책』, 『인형의 집』, 『우리 함께 죽음을 이야기하자』, 『안데르센 동화집』, 『그림 형제 동화집』 등이 있다.

 (주)푸른책들은 저소득 가정 아동들의 학습 환경 개선과 학업 능력 발달을 위하여 도서 판매 수익금의 일부를 초록우산 어린이재단에 정기적으로 기부함으로써 배움으로 따뜻해지는 세상을 만들어가고 있습니다.

그림 형제 동화집

펴낸날 초판 1쇄 2012년 2월 29일
지은이 그림 형제 | **그린이** 아서 래컴 | **옮긴이** 이옥용
펴낸이 신형건 | **펴낸곳** (주)푸른책들 | **등록** 제321-2008-00155호
주소 서울특별시 서초구 양재천로7길 16 푸르니빌딩(양재동 115-6) (우)137-891
전화 02-581-0334~5 | **팩스** 02-582-0648
이메일 prooni@prooni.com | **홈페이지** www.prooni.com

ISBN 978-89-6170-259-1 04850
* 잘못된 책은 구입한 곳에서 바꾸어 드립니다.

ⓒ (주)푸른책들, 2012
* 이 책 내용의 일부 또는 전부를 재사용하려면 반드시 (주)푸른책들의
서면 동의를 얻어야 합니다.

이 도서의 국립중앙도서관 출판시도서목록(CIP)은 e-CIP홈페이지(http://www.nl.go.kr/ecip)와
국가자료공동목록시스템(http://www.nl.go.kr/kolisnet)에서 이용하실 수 있습니다.
(CIP제어번호:CIP2012000136)

보물창고는 (주)푸른책들의 유아, 어린이, 청소년 도서 전문 임프린트입니다.